破壊屋《こわしや》

麻布署生活安全課 小栗烈Ⅱ

浜田文人

ハルキ文庫

角川春樹事務所

破壊屋《こわしや》

麻布署生活安全課 小栗烈 II

【主な登場人物】

小栗　烈《あきら》（38）　麻布署生活安全課保安係　巡査長

近藤　隆《たかし》（53）　麻布署生活安全課保安係　警部補

福西　宙《ひろし》（26）　同　巡査

花摘《はなつみ》　詩織《しおり》（43）　バー『花摘』　経営者

石井　聡《さとし》（41）　『ゴールドウェブ』　代表取締役

山路　友明（46）　バー『山路』　マスター

西村　響平《きょうへい》（44）　麻布署組織犯罪対策課四係　巡査部長

青い光が路面を流れる。ほかの色と混じって、排水溝におちた。

数時間遅れの夕立が夏の残滓《ざんし》を洗い流している。梅雨明けが遅くなったせいか、九月も半ばになるというのに暑い日が続いている。

路肩に黒い車が停まっている。八八〇ナンバーには憶《おぼ》えがある。運転席と助手席に人がいる。ウィンドー越しに面相もわかった。

雨の六本木に人はまばらだ。週末なら傘の花が咲くけれど、黒っぽい傘がちらほら、ゆっくりと動いている。ビニール傘を差す男らが黙ってそれらを見送る。客引き連中はひと声かける気にもならないようだ。

小栗烈《おぐりあきら》は雑居ビルのエントランスに入り、傘を畳んだ。目の端で男を捉える。スポーツ刈りに、骨張った顔。郡司組《ぐんじぐみ》の三宅《みやけ》だ。エレベーターの近くにも二人の男が立っている。どちらも黒っぽいスーツを着て、威嚇するように周囲を見ていた。

どちらも見覚えがない。近づき、片方に声をかけた。

「ここでなにをしてる」

「はあ」男が眉根を寄せる。短髪、大柄。いかつい顔だ。「われ、誰や」

「関西のやくざか」

「極道や」

「あ、そう」

小栗はにやりとした。関西の暴力団員はやくざと言われるのを嫌う。関西人は〈あほ〉と言われても笑って返すが、〈ばか〉と言われたら本気で怒る。おなじ理屈だ。それを承知の上でからかった。そうしたくなる理由はほかにもあった。

「麻布署の者だ」警察手帳をかざした。「おまえら、どこの者だ」

「神俠会《しんきょうかい》、五《ご》島《とう》組や」

指定暴力団の神俠会は神戸に本部がある。五島組の五島道夫《みちお》は神俠会の若頭補佐で、自身も五百人を超える組員を擁している。

「修業がたりんな」

「なんやて」

「看板は二つもいらん。五島組の金看板が泣くぞ」

「おどれ」

男が怒声を発し、右腕を伸ばした。

上着の襟を取られる寸前で男の手首をつかむ。外側にひねった。

短髪の男がうめいた。

別の男が近づく。オールバックの細面だ。右手は黒いスーツの懐に隠れている。

「待ってください」

三宅が駆け寄ってきて、オールバックの男に声をかけた。

「この刑事は相手にしないほうが……うちの親分と因縁がありまして」

「マル暴担か」

「生活安全課《セイアン》の出来損いです」

「そんな野郎は海に沈めんかい」

オールバックの男が言った。

路肩に停まる車から人が出てくる気配はない。細事には目をつむる。予想どおりだ。それを確かめたくて関西やくざをからかった。

エレベーターの扉が開いた。出てきた中年男がうつむいた。男に寄り添う二人の女は細い眉をひそめた。

小栗は手を放し、エレベーターに乗った。

香水の匂いに混じって、笑い声が残っていた。

三階で降りた。クラブ『ＤａＤａ』の黒服に案内される。

入口近くの席に二人の男がいた。丸顔のほうは知っている。麻布署組織犯罪対策課の青《あお》木《き》真吾《しんご》課長だ。三年前に新宿署から異動してきた。六本木の水が合うのか、そのときよりも五、六キログラムは太ったように見える。

「座りなさい」

別の男が笑顔で言った。

小栗はソファの端に腰をおろした。

「紹介する」青木が言う。「こちらは本庁、組織犯罪対策部の吉野《よしの》参事官だ」

「小栗です」

肩書を言う必要はなさそうだ。そもそも警察官は遊びの場で身分をあかさない。隠語を使うよう指導されている。にもかかわらず、青木は部署名と役職を口にした。私的な遊びではないという証《あかし》である。

吉野が頷《うなず》いた。かしこそうにも、やさしそうにも見える。ちいさな顔に小づくりの鼻や口がバランスよくある。歳は四十代前半か。桜田門の参事官なら階級は警視正だ。警視の青木の口ぶりから察しても、警察官僚とわかる。

濃紺のスーツは仕立てだろう。オフホワイトのシャツにネイビーブルーのスリムタイ。

小柄だが、どっしりとしている。

ホステスにウイスキーの水割りを頼み、小栗はフロアに顔をむけた。座った直後から吉野の視線の先が気になった。エントランスにいた連中のこともひっかかっている。

にぎやかな席がある。四人の男に五人のホステス。恰幅《かっぷく》の良い五十年輩の男が主賓のようだ。葉巻をふかし、余裕を漂わせている。

二人は見知っている。金竜会《きんりゅうかい》の金子《かねこ》竜司《りゅうじ》会長と若頭補佐の郡司日出夫《ひでお》だ。金子は神俠会の直系若衆でもある。金竜会若頭補佐の郡司は、病気がちの若頭に代わって八十余名の金竜会を差配し、みずからも二十数名の乾分《こぶん》をかかえている。

「五島組の組長だ」青木が声を発した。「郡司のとなりにいるでかい男は五島のボディガード。都内にある神俠会二次団体の会合に出席したあとらしい」

二次会か三次会かはわからないけれど、この場に金竜会の二人しかいないことの意味はわかる。五島の上京の目的のひとつは金子との面談だったのだ。

一年前の、神俠会の分裂騒動が尾を引いているのはあきらかだ。新宿、池袋とならび、六本木は神俠会と、神俠会から袂《たもと》を分かって設立した生田《いくた》連合がしのぎを削っている。六本木にはほかにも二つの指定暴力団の本部がある。

一般人をふるえあがらせるような抗争事件はおきていないが、小競り合いは日常茶飯事で、未確認ながら死者がでているとの情報もある。

吉野は五島の顔を見るためにここを訪れたのか。路肩に停まる車には麻布署組織犯罪対策課の者が乗っていた。連中ではなく、なぜ自分が呼ばれたのか。

疑念がめばえ、小栗は視線を戻した。

待っていたかのように、吉野が口をひらいた。

「君は郡司と面識があるそうだね」

「はい」

小栗は短く答えた。吉野の真意がわからないのに、多くを話す気にはなれない。

「参事官は」青木が言う。「おまえと郡司の関係に興味を持たれた」

脇腹の傷の件ですか。訊《き》きそうになった。

三か月前のことだ。小栗は、六本木のインターネットカフェを賭博容疑で摘発した。いわゆるネットカジノである。関係各所の家宅捜索を経て、全容解明にむけての捜査中に暴漢に刺された。生死の境をさまようほどの重傷だった。犯人が郡司の身内なのはわかっていたが、金竜会に籍はなく、郡司が事件に関与したという証言や証拠は得られなかったので、捜査の手は郡司にまで及ばなかった。

「傷は癒えたか」

吉野が言った。

「ひとりで寝れば大丈夫です」

吉野が目元を弛《ゆる》めた。意味を察したようだ。

青木の顔がひきつった。

「口を慎め」

「かまわんよ」吉野が鷹揚《おうよう》に言う。「個人情報は頭にインプットしてある。素行や性格をふくめて、小栗君に会ってみたくなった」

「おそれいります」

「それに、こんなきれいな人たちがそばにいるのだ」吉野がとなりの女の手を握った。

「顔合わせは済んだ。この先、仕事の話はぬきにしよう」

言いおわらないうちに、吉野の目つきが鋭くなった。

「小栗」

低い声がし、小栗はふりむいた。

手の届くところに郡司がいた。スーツは黒地にダークレッドのピンストライプ。ボタンをはずした襟から赤いサスペンダーが覗《のぞ》いている。

「おまえがくるところじゃねえぜ」

「そのようだ」さらりと返した。「空気が汚れてる」

「あいかわらずの減らず口だな」

小栗は奥の席にむかって顎をしゃくった。

「あの、ゴリラは誰だ」

「神戸の客人よ」

「本家の幹部か。で、六本木でおおきな顔のおまえが補助椅子に控えてる」

「おい」郡司が腰をかがめた。「鉛の弾もくらいたいか」

「そのときはここに」心臓に手をあてた。「きれいな顔には傷をつけるな」

吉野が声にして笑った。

「おまえの客人がよろこんでくれて、なによりだ」

言って、郡司が背を伸ばし、トイレにむかった。

「データは間違っているようだ」吉野が言う。「仲良しとは書いてなかった」

「博愛主義者とつけ加えてください」

小栗はポケットをさぐり、煙草《タバコ》をくわえた。

青木が目を剝《む》いた。

「場をわきまえろ。参事官の前で……」

「よしなさい」吉野がさえぎった。「小栗君、一本くれないか」

小栗は煙草のパッケージを手渡し、話しかけた。

「お願いがあります。君付けはご勘弁を」

「いいだろう。しかし、オグちゃんと言うわけにはいかん」

吉野がにんまりした。

背筋を冷たいものが走った。吉野はどこまで調べたのか。その疑念に蓋をした。

「呼び捨てで結構です。もっとも、二度目があるのか、わかりませんが」

「あるさ」

吉野がうまそうに煙草をふかした。

クラブ『DaDa』を出て路地に入り、雑居ビルの五階にあがった。バー『花摘《はなつみ》』の扉を開ける。女が歌っていた。この二、三か月で『花摘』の客層がひろがり、にぎやかな夜が増えた。それでも、雰囲気は変わらない。

カウンターに中年のカップルと同僚の福西宙《ふくにしひろし》がいる。ベンチシートにも二組。三人と二人の席にはアルバイトの女がひとりずつ着いていた。歌っているのは客のようだ。三十歳前後のOLか。身体《からだ》をゆらし、笑顔をふりまいている。

小栗は、いつものカウンター席に腰をかけ、角をはさんで座る福西に話しかけた。

「何の用だ。相談でもあるのか」

十分ほど前に福西からメールが届いた。

――花摘にいます――

そのメールを口実に『DaDa』を去ったのだった。

ママの詩織《しおり》が寄って来て、おしぼりを差しだした。

「フクちゃん、心配してたのよ」

「なにを」

「オグちゃんの機嫌が悪いんじゃないかって」

「おまえ」福西に顔をむけた。「明日香《あすか》の顔を見にきたんじゃないのか」

福西はアルバイトの明日香を気に入っている。ひとりでも通っていると聞いた。

「それならオグさんにメールしません」

「係長か」

ほかは思いつかない。上司の近藤《こんどう》係長の指示で『ＤａＤａ』に足を運んだ。

「様子を見てこいと。十時ごろにメールを送れとも言われました」

近藤は身勝手でおおらかな性格だが、こまやかな配慮もできる。

詩織が水割りをつくる。

小栗は左腕で頬杖《ほおづえ》をつき、煙草をくわえた。

「なにがあったのですか」

福西が訊いた。

それを無視し、小栗は詩織に話しかけた。

「最近、係長は来たか」

「おととい、初めての方と……近藤さんは緊張していたみたい」

「どんな相手だ」

「気さくな人よ」

詩織がボトル棚の下の抽斗《ひきだし》を開けた。手にした名刺をカウンターに置く。

「ええっ」

福西が頓狂な声を発した。

名刺には〈警視庁　組織犯罪対策部参事官　警視正　吉野哲晴《てつはる》〉とある。

「歳は」

「四十二歳だって」

福西の問いに詩織が答えた。

「キャリアじゃないですか」

福西の声音は高いままだ。

「飲み屋で名刺を撒《ま》く警察官にろくなやつはいない」

「あら」詩織が瞳を目の端に寄せた。「名刺にケータイの番号を書いたの、誰だっけ」

「うるさい」

詩織が肩をすぼめて離れた。カップルの客に呼ばれたのだ。

「この」福西が名刺を指さした。「参事官と会っていたのですか」

「ああ」

「すごい。オグさんにも春が来ましたね」

「ん」

「万年巡査長とはさようなら……自分のこともよろしくお願いします」

「くだらん」グラスをあおった。「ゴマを擂《す》りたきゃ、おまえが行け」

「どこへ」

「あしたの十時、桜田門だ」

「本庁でなにがあるのですか」

「知らん」

ほんとうだ。急用ができたと告げたとき、吉野にそう命じられた。小栗は、クラブ『DaDa』でのことをかいつまんで話した。

「偶然ではなさそうですね」

意味はわかった。異論はない。吉野は神侠会幹部の顔を見に行ったのだろう。

「DaDaでも堂々と名乗っていた。酔狂も度がすぎる」

「でも、どうしてオグさんが呼ばれたのでしょう」

その疑念は自分にもある。が、推測しても始まらない。あしたにはわかることだ。

水割りを飲み、煙草をふかした。うしろの席では歌が続いている。

「オグさんは青木課長と親しいのですか」

「すれ違えば挨拶くらいはする」

「参事官は、オグさんと郡司をぶつけたかったのかも」

小栗はあきれた。福西の推察は留まるところを知らない。福西が異動してきた一時期、根掘り葉掘り訊かれるのが嫌で、邪険に扱っていた。

「頭がひまなのか」

「そのようです。ちかごろ、明日香色に染まっています」

めげない男だ。ああ言えばこう言う。だが、機転が利くのは買っている。

「わたしがどうかしましたか」

すぐうしろで声がした。

「なんでもないよ」

福西が顔の前で手のひらをふった。あわてふためいている。

明日香の目が弓形になった。福西の二つ下の二十四歳。人なつこい顔の持主だが、なかなかのしっかり者だ。

「小栗さん、うちの社長とお待ち合わせですか」

明日香は『ゴールドウェブ』という、インターネット関連の企業に勤めている。ある事案の捜査中に『ゴールドウェブ』の石井《いしい》社長と知り合った。三か月ほど前のことだ。その縁続きで、社員たちがアルバイトを始めた。

「男とは約束せん」

明日香の口元にえくぼがあらわれた。

「おまえは歌が好きなのか」

よく聴く。いつもたのしそうに歌う。

「アイドルグループにいたんです」

「えっ」

福西の声が裏返った。

「どうしてやめた」

「あるとき、自分が口パクしているのをテレビで見て、ばかじゃないのって……嫌になりました。変でしょう」

小栗は首をふった。まともだ。そうは言えない。どちらも明日香の人生の一部である。

「ママ」明日香がアイスペールをカウンターに置く。「氷をください」

詩織が砕いた氷をアイスペールに入れる。

「言い忘れてた」詩織の声がはずんだ。「吉野さん、つぎはオグちゃんとくるって。ボトルを入れてくれたよ」

小栗は眉をひそめた。悪い予感がする。煙草を灰皿に消した。

「でかける」

「もう」福西が目をまるくした。「まだ三十分も……」

「おまえは朝までいろ」

言い置き、小栗は腰をあげた。

東京メトロ日比谷線の六本木駅から地上に出た。喫茶店の角を右折する。人の往来がすくない芋洗坂をくだり、ひろい通り沿いのカフェテラスに入った。

折り戸パネルが開いたテラス席に座り、煙草を喫《す》いつける。制服姿のウェートレスにランチメニューのスパゲッティセットを注文したところに、近藤隆《たかし》がやってきた。生活安全課保安係の係長だ。三十分前に電話をかけて待ち合わせた。

「おなじものを」

近藤が言い、小栗の煙草をぬき取った。毎度のことだ。しかめ面で煙草をふかす。中肉中背。老け顔に見えること以外に、これという特徴はない。

「弁当は」

「なしだ。夏は腐りやすいと。女房のやつ、九月になってもなまけ癖がぬけん」

「退職したら捨てられますね」

「年金が支給される間は大丈夫さ。女房は働いたことがないからな」近藤があっけらかんと言った。「ところで、機嫌はどうだ」

「見てのとおりです」

近藤が首をかしげた。さぐるような目つきになった。

「どうしました。俺が怒ってるとでも」

「そうじゃないのか」

「係長はどこまで知ってるのですか」

「警視庁に覚醒剤撲滅の専従班ができ、オオバコから二、三人が参加する」

新宿署や渋谷署などの主要所轄署をオオバコと称する。麻布署の規模はおおきくないけれど、所管内に多くの大使館が存在するため主要所轄署に属している。

近藤が話を続けた。

「わが署には組織犯罪対策課の二人と生活安全課のひとりが割りふられた」

「俺を推したのですか」

「おまえの顔は見飽きた」近藤が煙草で間を空ける。「じつは、吉野参事官とは縁がある。俺が新宿署にいたころ、参事官は管理官として赴任してきた。十数年前のことだ。都内の所轄署勤務は初めてというので、あれこれ教えた」

「で、官僚らしくない」

「ああいう人だ。が、遊びも教えた。たぶん、兄弟だ」

近藤が親指を下にむけ、片目をつむった。

視察名目で歌舞伎町あたりの風俗店に案内したのか。よくあることだ。

ウェートレスがランチを運んできた。

魚介とキノコのスパゲッティ。クリームソースに載るバジリコがあざやかだった。

小栗はスプーンとフォークを持った。

「やることもガキだな」近藤が言う。「本場でスプーンを使うのは子どもだけだ」

「そうですか」

ぶっきらぼうに言った。どうでもいい。

サラダをたいらげ、フォークに麺を絡める。スープが飛び散った。いつまで経っても上《う》手《ま》く使えない。気に入っている店だが、箸の用意がないのは残念だ。

皿を空にし、近藤が顔をあげた。

「報告をしろ。参事官と話したんだろう」

「専従班には参加しません」

「おい」近藤の顔が締まった。「参事官を怒らせたのか」

「まさか」

「なら、どうして。なにをしでかした」

「なにも。参事官には端《はな》からその気がなかったようです」

「どういうことだ」

近藤が煙草のパッケージに手を伸ばした。

小栗はアイスコーヒーを飲んだ。

二時間ほど前に桜田門の警視庁を訪ねた。受付で名乗ると、ほどなく吉野があらわれ、散歩に誘われた。

人工池の中央にある人物像の頭の上で、鳩《はと》が羽繕いをしている。池の緋鯉《ひごい》が思いだしたかのように尾鰭《おびれ》をゆらした。

池のむこうのベンチで男があおむけになっていた。

両手をうしろに組んで歩いていた制服警察官が足を止め、男に声をかける。

「大丈夫ですか」

「はい。生きています」

男が寝たまま答えた。

半蔵門公園のあちこちにミミズの死骸がある。熱暑にやられたのだ。

それを避けるようにして歩き、吉野が木陰のベンチに座った。雨は未明にあがり、朝から空は青一色になった。

正面は皇居だ。濠《ほり》の斜面で、十人ほどが横一列になり、雑草を刈っている。

「わたしを避けたのか」

吉野が前を見たまま言った。歩いている間は口をきかなかった。

悪い予感は的中したようだ。

「あのあと花摘に行かれた」

「ひとりでね。君の部下がいた」

「話したのですか」

「遊びの邪魔はしない。福西はちらちらわたしを見ていたが」

小栗は口をつぐんだ。

吉野は、自分が福西に話したと察している。が、とがめるふうではなく、会話をたのしんでいるようにも感じた。遠回しなもの言いは吉野の気質によるものか。あるいは、自分を観察しているのか。判断がつきかねる。

吉野が言葉をたした。

「きのう、わたしが呼んだ理由を、近藤係長から聞いたか」

「いいえ。どうしてあの店に行かれたのですか」

「神戸の極道が上京しているとの報告があった。それで、ひまつぶしに覗いた」

「標的ですか」

「神俠会だけではない。都内の暴力団を一掃する」

「お言葉ですが、暴力団はなくならないと思います」

「そんなことはわかっている。この世から犯罪がなくならないのとおなじことだ。が、暴力団という組織を解散に追い込むことは可能だと思う」

それもむりです。言いそうになった。闇社会の根は深い。政治、宗教、経済。どの世界にもくい込んでいる。警察ともつながっている。

「理想には興味がないか」

吉野が独り言のように言った。

「現実にも興味はないです」

「ん」吉野が顔をむけた。「話を聞く前にことわるのは失礼だろう」

「そんなまねはしません。が、無理を言われても、期待に沿えない」

「よかった」

吉野が表情を弛めた。

小栗は眉をひそめた。意味がわからない。

「煙草を喫わせてください」

そばにスタンド式の灰皿がある。

「わたしもつき合う」

言われ、小栗は煙草のパッケージを差しだした。

吉野が一本ぬき、口にくわえた。

紫煙が風に流れる。

「覚醒剤撲滅の専従班を立ちあげる。五十人規模になる見込みだ」

「俺はその道のプロでは……」

「わかっている」吉野が声を強めた。「君を専従班に参加させるつもりはない」

小栗は、吉野の横顔を見つめた。

隙がない。かといって、けわしい表情にも見えなかった。

きのうからの素朴な疑念を口にした。

「なぜ、俺なんですか」

「その前に、専従班設立の目的を話しておく」吉野が一服し、煙草を灰皿に捨てた。「神俠会も、神俠会を離脱してできた生田連合も、関東での主な資金源はオレオレ詐欺と覚醒剤だ。オレオレ詐欺のほうはすでに専従班がある。覚醒剤のほうも専従班を立ちあげ、両面から暴力団を締めつける。そうなれば、抗争どころではなくなる」

小栗は首をひねった。

抗争の要因はしのぎだけではない。極道の面子《メンツ》だ。面子がつぶれたら代紋は錆《さ》びる。ましてや、神俠会と生田連合は骨肉の争いをしている。

「面子か」吉野がぼそっと言う。「それなら、われわれにもある。世界一安全な都市といわれる東京で、それも四年後にオリンピックの開催を控えて、暴力団の発砲事件がおきれば警察の面子は丸つぶれだ」

もの言いもほかの官僚とは異なる。官僚言葉は嫌いなのか。

「警視庁ではなく、警察の面子……警察庁主導というわけですか」

「警察庁の強い意向を、警視庁が受け入れた。めずらしいだろう」

小栗は頷いた。警視庁は警察庁の押しつけに反発する。警視庁は隣接する県警本部との折り合いも悪く、その独断専行の姿勢ゆえに、過去には凶悪犯罪の事件解決が遅れた。オウムサリン事件が最たる事例である。

吉野が続ける。

「君に目をつけた理由は、麻布署内部の事情を考慮してのことだ」

「……」

小栗は口を結んだ。吉野の胸中が読めない。聞き役に徹するほうがよさそうだ。

「通常勤務のままで捜査に協力するよう言われました」

「そんな半可なことで専従班の任務を果たせるのか」

「参事官に言ってください。それとも、ことわりましょうか」

「ばかを言うな」近藤がむきになった。「俺の顔がつぶれる」

生まれながらにしてつぶれています。冗談は控えた。

近藤が言葉をたした。

「参事官からおまえの名前を聞いたときはびっくりした。あなたの部下におもしろい男がいるねと。おまえのデータを調べたようだ」

「花摘のことも」

近藤が口をつぐんだ。

「やっぱり、喋《しゃべ》ったんですね」

「怒るな。おまえのなじみの店を知っているかと訊かれて……うそはつけん。花摘を知ったうえでの質問のようにも感じた。で、教えたら、これから行こうと誘われた」

「最低の上司だな」

「最低の部下がえらそうに言うな」近藤が煙草をふかした。「参事官からどんな指示を受けた。どう協力する」

「知りません」

「極秘か」近藤が顔を寄せる。「俺とおまえの仲じゃないか」

「どんな仲です」

「俺は、おまえの守り神だ。さあ、答えろ」

「ほんとうに知らないのです」

うそではない。が、半蔵門公園で、吉野からUSBメモリーを受け取った。そのことを話すのは何となくはばかられる。

小栗は話題を変えた。

「きのうは青木課長が一緒でした」

近藤が目をぱちくりさせた。

「課長も専従班に参加するのですか」

「知らん。通常、所轄署の課長は専従班に参加しないのだが」

自信なさそうな口調だった。

「きのうは案内役だったのかも。そとに課長の部下がいました」

「そうだな」

近藤が力なく言った。

小栗はそれが気になった。

「係長と青木課長の仲はどうなんですか」

「それなりだ。署内に敵はつくらん」

「ご立派なことで」

「うるさい」声音が戻った。「おまえはどうなんだ。課長とつき合いがあるのか」

「語るほど知りません」

さらりと返した。

青木のうわさは耳にしているが、うわさに私見を添えるつもりはない。

「保安のプロのおまえに声をかけた理由……どう思う」

「なにも」

「やる気がないのか。キャリア様に指名されて意気に感じないのか」

「意気なんて、生まれながらありません」

「どうしようもねえな。いいだろう。参事官から指示があればすぐに教えろ」

「協力してくれるのですか」

「あたりまえだ。おまえがへまをしでかせば、俺と参事官の仲があやしくなる」

いつも近藤は自分本位だ。が、そのおかげで助かっている。本音はどうであれ、近藤のひと言は気分がらくになる。


東京メトロ日比谷線中目黒駅の近くのトンカツ屋で夕食を済ませたあと、上目黒四丁目まで歩いた。自宅のアパートは蛇崩川《じやくずれがわ》緑道のそばにある。

小栗は、1Kのアパートに帰り、窓を開けた。子どもたちの声がする。網戸越しになまぬるい風が入ってきた。

シャツを脱いで汗を拭い、ルームウェアに着替えた。アイスペールとミネラルウォーター、ラフロイグのボトルとグラス二つを座卓に置き、胡坐《あぐら》をかく。

テレビをつけた。ＢＳ１でプロ野球を中継していた。スポーツなら何でもいいが、好んで視るのはMLBとテニス。卓球やバドミントンも好きだ。プロ野球とゴルフはスピード感と緊張感に欠けるので飽きてしまう。

BSプレミアムに切り替えた。江戸時代の絵師の作品が紹介されている。あざやかな色彩に目を奪われた。しかし、すぐに興味が失《う》せた。識者の解説どおり、作品は精緻で、動植物は生きているように見えるけれど、生命力を感じない。描くことに熱中するあまり魂を注入するのを失念したか。もっとも、絵画を語るほどの知識はない。それはどのスポーツもおなじで、選手の表情や仕種《しぐさ》をたのしんでいるにすぎない。

チャンネルを元に戻し、オンザロックをつくった。飲んで、煙草を喫いつける。

玄関のチャイムが鳴った。午後八時三分前。時間どおりだ。

「開いてるぞ」

座ったまま声を発した。

ドアが開き、福西が入って来た。めずらしくデイパックを背負っている。紺色のチノパンツに白いポロシャツ。両手には麻のジャケットとビニール袋がある。デイパックを床に置き、その上にジャケットを載せてから腰をおろした。

「オグさんは食べましたよね」

福西がコンビニエンスストアの弁当とカップの味噌汁《みそしる》を取りだした。

「なんだ、その言い方は」

「すみません」福西が腰をうかした。「買ってきます」

「いらん。その弁当は夜食にしろ」

小栗は、座卓の紙袋を福西の前に移した。

「冷めたかもしれんが、辛抱しろ」

福西が紙袋の中を覗いて、表情を崩した。

「エビも入っていますか」

「ああ。ロースカツとエビフライだ」

エビフライかハンバーグ。ファミリーレストランで、福西はそればかり食べる。

小栗は、福西が食べおえるのを待った。

片づけを済ませ、福西が自分で水割りをつくる。

「持ってきたか」

小栗の問いに頷き、福西がデイパックに手を伸ばした。

座卓に載せたノートパソコンを開く。

「パソコンは持ってないのですか」

「使い道がない」

パソコンにはふれる気にもならない。警察はパソコンでの文書作成を推奨するようになったので、犯罪報告書や捜査状況報告書は福西にやらせている。

「ネットショッピングくらい、覚えてはどうですか」

「ほしけりゃ実物を見て買う」

福西が肩をすぼめ、グラスを持った。

「これだ」

小栗は二つ折りの封筒を差しだした。ＵＳＢメモリーが入っている。

福西がそれをノートパソコンに挿した。器用そうな指だ。形がいい。本人も気に入っているらしく、週に一回は爪の手入れをするという。やや間が空いて、首をかしげながらパソコンのディスプレイを小栗のほうにむけた。

「ん」

思わず顎を引いた。二人の顔写真がならんでいる。

「うちの署の、内林《うちばやし》警部と箱崎《はこざき》警部補ですよね」

「ああ」

小栗は頬杖をつき、写真を見つめた。

内林は生活安全課の課長だ。麻布署には六年いる。箱崎は組織犯罪対策課の係長で、去年の夏、四年ぶりに古巣の麻布署に戻り、現在は四係を束ねている。内林は五十代後半になったか。箱崎は小栗のひと回り上の五十歳である。

「これだけか」

写真を見たまま訊いた。

福西がパソコンを操作する。

「そうです。参事官が間違って渡したのでしょうか」

「それはない」

「でも、写真だけというのは変です。参事官に確認したらどうですか」

「あまい。訊いて答えるのなら、メモリーに書き込んでる」

「では、どうするのですか」

「これから考える」

そうするまでもない。二人の身辺を調査する。ほかは考えられない。

「この二人」福西が遠慮ぎみに言う。「専従班の事案に関係があるのでしょうか」

「専従班が立ちあがるのは来月の頭だ」

言って、ふと思った。

自分に与えられた期間は二週間か。

気分が重くなりかける。空いたグラスにラフロイグを注いだ。

「どうして説明や指示がないのでしょう」

福西が訊いた。

「さあな」

投げやりに言った。

「二人に何かの嫌疑がかかって……」

「やめろ。おまえの推測はいらん。予断は持つな」

福西が身を縮めた。それでも、福西の好奇心はふくらむ一方だろう。

煙草をふかしているうちに、小栗の疑念もふくらんだ。

極秘の任務なのか。吉野は自分の存在を隠したいのか。それなら何故、クラブ『DaDa』に青木を同席させたのか。吉野は青木を信頼しているのか。

頭をふって疑念を追い払う。それもいずれはわかる。

「自分は、どうするのですか」

福西の声音が重い。表情も沈んで見える。

「一緒にやりたいのか」

「はい」一転、声がはずんだ。「参事官に掛け合ってください」

「係長がうんとは言わん。いまの事案にけりをつけるのが先だ」

「わかっています。当面は、お手伝いということで……お願いします」

福西の目に熱を感じる。

小栗は視線をそらし、煙草をふかした。

「オグさんは内偵捜査からはずれるのですか」

「わからん」横をむいたまま言う。「係長の胸ひとつだな」

生活安全課保安係の三人に地域課の二人を加えた五人で賭博事案を捜査している。二か月前、港区麻布十番のマンションで麻雀《マージャン》賭博が行なわれているとの情報を入手した。腹部の傷が癒え、小栗が職務復帰した時期とかさなる。当初は福西と地域課の南島《なじま》が聞き込み中心の情報収集にあたった。

――自動麻雀卓を搬入していた――

――部屋で麻雀をやっているのを見た――

マンションの住人や中華料理店の店員らの証言を得て、内偵捜査に切り替えた。二週間前のことだ。賭博事案は現行犯逮捕が基本になる。周辺捜査と監視を継続し、賭場が開いているとの確証を得れば家宅捜索を行なう。摘発に踏み切る要件は二点ある。賭け麻雀であること、部屋の住人がゲーム代を取っていることだ。

「とりあえず」

福西の声に、小栗は視線を戻した。

「この二人のデータを集めます」

「どうやって。許可はもらえんぞ」

警察も個人情報の扱いにはうるさくなった。犯歴ばかりか身内のデータを取るのにも上司の許可が要る。ましてや内林は直属の上司だ。近藤が許可しないだろう。

「ご心配なく」福西の声が軽やかになった。「南島にやらせます」

「どういうことだ」

「あいつは本庁の警務部にコネがあるそうです。本庁や麻布署の内情にくわしいのでびっくりしました」

「いずれクビだな。警務にコネがあろうと、口の軽いやつは嫌われる」オンザロックを飲んだ。「職歴と家族構成だけでいい」

「はあ」福西が眉尻をさげた。「いずれクビになると……」

「で、使えるうちに使う」

福西が肩をすぼめた。

「その二つでいいのですか」

「それならばれても騒動にはならん。入手したデータの利用目的くらいどうにでも言いのがれができる。おまえらが口を割らなければの話だが」

「自分は、拷問されても喋りません」

「そういうやつにかぎってよく謳《うた》う」

「南島に理由は話しません」

福西が澄まし顔で言った。

うらやましい性格だ。腹が立つときもあるけれど、本気で怒ったことはない。

小栗は、携帯電話で時刻を確認した。まもなく午後九時半になる。

「帰れ。俺は寝る」

「もうですか」

「あしたは徹夜だ」

きょうは木曜日だ。マンション麻雀は週末に客が集まる。大半は徹夜で遊ぶ。丸二日、麻雀卓から離れない者もいる。

「そうですね」福西があっさり応じた。「マンション麻雀のほうは早く片づけましょう。オグさんが存分に活躍できるように」

「よけいなお世話だ」

言って、小栗は横になった。


八階建てマンションの前に白いミニバンが停まり、男が路上に降り立った。背をまるめて足早にエントランスへむかう。

運転席の福西がハンドルに身を預けてそれを見ていた。地域課の南島が所有する4WDをマンション前の路肩に停めている。

「あの男」福西が言う。「RMBのボーカルに似ていましたね」

ロックバンド『RMB』は知っている。『ボディ』という曲で一躍有名になった。十年以上も前のことだ。小栗はメンバーの顔も名前も忘れた。

「まだやってるのか」

「はい。五年前だったか、大手のプロダクションから独立して……それ以降はヒット曲に恵まれてないけど、いまもライブでは人気があります」

「くわしいな」

「高校のとき、嵌《はま》っていました」

「あ、そう」

話すのをやめ、小栗は視線をふった。

男が小走りにマンションから離れる。直後に携帯電話がふるえた。

《吉田義夫《よしだよしお》です》

南島の声がうわずった。

「誰だ、それは」

《RMBのボーカルです。間違いないです》

「おまえもファンか」

《中学のころ、追っかけをやっていました》

南島は二十三歳。ことし入庁し、麻布署地域課に配属されたのだった。

小栗はため息をついた。

《吉田が乗ったエレベーターは七階に停まりました》

「監視を続けろ」

通話を切った。

南島から報告があるたびもどかしくなる。マンションは内廊下になっているので、誰が何号室に入ったのか視認できない。この四時間で十三回。マンションに人が入り、エレベーターが七階に停まるたび南島が連絡をよこした。

何人が監視対象の七〇八号室に入ったのか。未明から朝にかけてマンションを出る者を見ればある程度の予測はつくけれど、あてにはならない。

期待するのはタクシーの運転手の証言だ。マンション賭博をやる者の大半は帰りにタクシーを利用する。その証言と玄関前で撮った写真を基に、賭場に出入りする者の身元を調べている。マンション内の防犯カメラの映像を回収・解析するのは賭け麻雀が行なわれているとの確証を得てからだ。

福西がシートにもたれた。

「マンション麻雀を挙げたことはありますか」

「麻布署では内偵《ナイテイ》捜査を五回やった。摘発したのは二回だ」

「確率が悪いですね」

「いいほうだ。赤坂署では七回やってガサ入れは一回だった」

「なぜ、できなかったのですか」

「マンション麻雀は長続きせん。内偵中に畳まれたこともある」

「気づかれた」

「つぶれた。マンション麻雀は客の数がすくない。その分、客の懐は早く痛む」

「どれくらいのカネを賭けるのですか」

「千点が五百円か千円。赤坂で踏み込んだのは三千円の賭場だった」

福西がきょとんとした。レートがわからないのだ。

「簡単に言うと、五百円なら一ゲームの負けが二万円ほどになる。三千円だと十万円を超えることもあるから、ひと晩に動くカネは百万円前後かな」

「それで、胴元は幾らのしのぎに」

「東風戦一ゲームにつき、ひとり千円を払うのが相場だ。四人でやればひと晩二十万円ほどになる。が、赤字になることもあるそうだ」

「どうして」

「客がたりなければ店側の者が卓に入る。それで負ければ寺銭が消える」

福西がうなだれた。

「どうした。やる気が失せたか」

「たいした点数にはなりませんね」

「ゼロよりはましだ」

「暴力団が絡んでいればいいのに」

そうなれば点数がはねあがる。

「期待するな。カジノとは違う。マンション賭博のうち、麻雀とポーカーは堅気の経営が多い。趣味と実益を兼ねて賭場を開く連中だ」

「徳永《とくなが》は自分で経営しているのでしょうか」

七〇八号室の住人は徳永康太《こうた》という。三十一歳、群馬県前橋市に生まれ育った。賃貸契約書にはゲームプログラマーとある。去年六月に入居していた。それ以前は品川区五反田のアパートに住み、六本木の麻雀店で働いていた。麻雀店に出入りする者によれば、徳永はプロ雀士をめざしていたという。

「そんなわけないですよね」福西が言い添えた。「三万八千円のアパート暮らしから一転、二十六万円のマンションに移り住み、麻雀の賭場を開くなんて……考えられません」

「決めつけるな。麻雀は強かったそうだ。その気になればやれるかもしれん」

賃貸契約時に要したカネは約八十五万円。中古の自動麻雀卓なら一卓二、三十万円で購入できる。マンション麻雀は客への貸し付けもあるので、最低でも百万円の運転資金は必要になる。それでも街に店舗を構えるよりは少額で済む。

徳永の銀行口座の入出金明細書は精査した。先週末の時点で三百万円を超える預金があった。マンション入居時の預金額は約九十万円で、そのカネは動かしていなかった。徳永の周辺から陰のオーナーらしい人物はうかんでいない。

みずから経営しているのか、住み込みの雇われ経営者なのか。

いまのところ、小栗の勘は五分五分である。

「やることが多い割に……なんだか眠くなってきました」

福西が指で目をこする。芝居ではない。

それでも叱らない。福西に輪をかけて、小栗は気分屋である。

煙草をふかしてから話しかけた。

「あれはどうなった」

福西がまばたきした。

「南島に頼んだのか」

「けさ、話しました。南島は週明けにもデータを入手できるそうです。もちろん、オグさんと本庁の参事官のことは伏せました」

小栗は顎をしゃくった。うそくさい。もの言いでわかる。が、頓着しない。吉野の名前をださなかったのはほんとうだろう。

黒っぽいセダンが４ＷＤのうしろに停まった。麻布署の車だ。地域課の岡田稔《おかだみのる》が近づいてきて、腰をかがめた。

「交替しましょう」

五十歳の巡査部長だが、もの言いはいつも丁寧だ。

「早いですね」

「することがなくて」岡田が薄く笑った。「南島はむこうですか」

「ええ。十時になったら代わってやってください」

「わかりました。ほかに指示はありますか」

「五時には福西を戻します。何かあれば俺のケータイに連絡を」

おなじ台詞《せりふ》を何度も言った。が、岡田から電話がかかってきたことはない。

福西がシフトレバーを握った。4WDがゆっくり動きだした。

「どちらへ」

「麻布署だ。おまえは仮眠を取れ」

「オグさんは」

「よだれのついた枕でしか眠れん」

「家まで送ります」

「いらん」

福西がちらっと顔をむけた。不満そうだ。明日香の顔がちらつきだしたか。

小栗は無視した。腕を組み、目をつむる。喋りすぎて疲れた。

六尺棒を持つ制服警察官がくるりと背をむける。あくびがでそうになったのだ。玄関のガラス扉にカバのような顔が映った。

小栗は、男の背中をポンとたたき、麻布署に入った。五階にあがる。生活安全課のフロアだ。係ごとに分かれた島と、二つの取調室がある。

月曜日の午前九時を過ぎたところだ。祝日でも半分のデスクに人がいた。

近藤係長と目が合った。近藤が顎をしゃくる。話があるのだ。

セカンドバッグをデスクに置き、奥へ進んだ。お茶のペットボトルと灰皿を持って取調室に入った。近藤との密談のさいに利用している。

遅れて来た近藤がシャツの袖をたくしあげたあと、煙草を要求した。ライターの炎が立った。吐いた紫煙には勢いがあった。

「なにを張り切ってるのですか」

言って、小栗も煙草に火をつけた。

「心構えだ。なにしろ吉野参事官からの指示だからな」

「代わってくれるのですか」

「ばかを言うな。俺は後見人だ。おまえがしくじらないようアドバイスしてやる」

「そりゃどうも」

ぞんざいに言い、ペットボトルのキャップをはずした。

「じらすな」近藤が言う。「どんな指示を受けた」

小栗は、ジャケットの内ポケットに手を入れた。二枚の写真をデスクにならべる。麻布署生活安全課の内林課長と、組織犯罪対策課四係の箱崎係長だ。

近藤の顔色が変わった。目が点になっている。

「どうしました。的確なアドバイスをお願いします」

近藤が顔をあげた。じわりと困惑の色がひろがる。

「これはどういうことだ。参事官の指示は」

「ありません。二枚の写真を渡されただけです」

「それはないだろう」

「ほんとうです。で、二人の身辺を調べることにしました」

近藤が唸《うな》った。眉間に溝ができる。

半蔵門公園での吉野のひと言がうかんだ。

――君に目をつけた理由は、麻布署内部の事情を考慮してのことだ――

だが、近藤には聞かせたくない。邪推で胃が痛む。代わりの言葉を選んだ。

「参事官はこの二人に関心がある。ほかは思いつかない」

「しかし」近藤の声音が弱くなった。「課長はわが部署の元締だ。こっちは」箱崎の写真を指さした。「麻布署の帝王だぞ」

かつて、麻布署の内外で、箱崎はそうささやかれていた。

――六本木のやくざ者どもを黙らせられるのは俺ひとりだ――

箱崎は豪語していたという。そのうわさがひろまり、某週刊誌が箱崎と暴力団の関係をおもしろおかしく書き立てた。一か月後、箱崎は八年間在籍した部署から追いだされたそうだ。そのせいか、古巣に戻って来たときは憶測が乱れ飛んだ。

「後見人を」近藤の顔を覗き込む。「おりますか」

「舐《な》めるな」

近藤が目に角を立てた。すぐむきになる。

「では、身辺調査を始めます。いいですね」

「やれ。ケツ持ちは参事官だ。ことが露見しても面倒にはならん」

二人の個人情報をください。さすがに言えない。かわいそうだ。福西が南島を介して二人のデータを得ようとしていることも伏せる。話せば近藤の胃に穴が開く。

思いついたように、近藤が口をひらいた。

「監視もやるのか」

「その必要があれば……まずは情報を集めます」

「麻雀のほうはどうする」

「続けます」

「家宅捜索まで持って行けそうか」

「そのつもりです。常連客とおぼしき七人の身元は特定しました。そのうちの四人は徳永が働いていた麻雀店の客でした。これから先は、マンションの監視と並行して、身元の知れた連中の身辺を調べます」

「誰かの身柄を引くのか」

「踏み込むにはそれしかない」

賭け麻雀が行なわれているという確証をつかまなければ家宅捜索令状は取れない。

「無茶はするな。大事の前の小事だ」

「いっそ捨てましょうか」

「それでもかまわん」

近藤が真顔で言った。

小栗は顔を近づけた。

「後悔しませんね」

「ん」

「先週の金曜、吉田義夫があらわれました」

「ええっ」近藤の声が裏返った。「ほんとうか」

「福西がファンだそうです」

「そんなことはどうでもいい。吉田が麻雀部屋に入ったんだな」

「視認はしていません。が、夜の九時にマンションに入り、出てきたのは土曜の昼。疲れ切った顔でタクシーに乗った」

「女の部屋に行ったのかも」

小栗は黙った。否定はできない。

近藤が続ける。

「RMBの吉田で間違いないのか」

「やつは所属事務所の車でマンションに乗りつけた」

車のナンバーを照会した。所有者は芸能プロダクション『飛翔エンタープライズ』だった。関係者の証言で吉田が使用しているのが判明した。

「初めてあらわれたのか」

「この二週間ではそうです。しかし、先週が初めてとは思えない」

遠目だが、おどおどした様子はなかった。賭場の常連客は雰囲気でわかる。

「マンションの管理会社に協力を要請しますか」

「防犯カメラは早い」

「そんな悠長に構えているひまはない。面倒なら捨てましょう」

「ばかもん」

近藤が声を張った。あかるい未来にはわずかな可能性でも前向きに反応する。

「内偵捜査は継続ですね」

「あたりまえだ。吉田が麻雀をやっている現場に踏み込め」

「吉田ありき……ですか」

「あたりまえだ。俺がマスコミに売ってやる。逮捕現場に同行させる。マスコミが派手に騒げば、あたらしい署長は上機嫌だ。で、俺の株もはねあがる」

三か月前に赴任してきた署長は四十七歳の警察官僚だ。近藤によれば、出世の遅れが悩みのタネらしく、どの部署にも点数を挙げるよう発破をかけているという。

小栗は頷いた。ここまでは思惑どおりだ。

★

★

パキッと音がした。

西村響平《にしむらきょうへい》は顔をゆがめた。床に敷いた布団で俯《うつぶ》せになっている。

「俺に怨《うら》みでもあるのか」

「背骨がずれていました」

深谷良介《ふかやりようすけ》が答えた。グローブのような手で西村の身体をさわっている。元部下だ。三十五歳になる。麻布署にいたころは柔道の全国大会に出場したことがある。

「深谷、治療費をふんだくれ」

野太い声がし、西村は顔を横にむけた。

ドア口に男が立っている。大原組《おおはらぐみ》組長の大原雅之《まさゆき》だ。西村の三つ上の四十七歳。上背があり、肩幅もひろい。高校時代はラグビー選手だったという。

「あんたが払え」寝たまま言った。「一時間も待たされた」

「ふん」

鼻を鳴らし、大原が背をむけた。

西村は起きあがった。髪をバックに撫《な》でつけ、サングラスをかけた。

マル暴担当の刑事としては細身だ。やさしそうな目だとよく言われる。それが嫌で、いつもスーツを着用し、室内でもレイバンのサングラスをかけている。

上着とネクタイを手に、大原のあとを追った。

部屋住み若衆の部屋のとなりは応接室だ。

大原が黒革張りのソファに腰をおろした。

背後の壁に生田連合の代紋と生田連合会長の写真が飾ってある。いまどきめずらしい。代紋や提灯《ちょうちん》など、暴力団を示すものを飾れば威圧行為と見なされる。

西村は大原の正面に座った。

「ビールをくれ」

壁際に立つ若者に声をかけた。三人いる部屋住みのひとりだ。ほかの二人は玄関に近いドアのそばに立ち、深谷は大原のかたわらに寄り添った。

坊主頭の若者がトレイを運んできた。

大原が煙草をくわえ、デュポンのライターで火をつける。

西村はビールを飲んでから口をひらいた。

「祝日の真っ昼間から何の用だ」

「俺に報告することがあるんじゃないのか」

絡みつくようなもの言いだった。

「ん」眉が寄った。「どういう意味だ」

「あるのか、ないのか」

「はっきり言え。なんの話だ」

声に怒気がまじった。心あたりはない。あっても大原にとがめられる謂《いわ》れはない。

「まだか」

大原がつぶやき、コーヒーを飲む。

西村は気分が収まらない。

「ガセネタでもつかまされたか」

「ネタ元は確かだ」

「どんなネタだ」

「たのしみにしてろ」大原が目で笑い、煙草をふかした。「例の話はどうする」

「気がむかん。単純賭博で、押収するカネも高が知れてる。あんたらもおなじだろう。箔《はく》が付かない、労力の割にしのぎがすくない。そんな仕事を誰がやる」

「そうかい」

大原がソファにもたれた。表情は変わらなかった。

それが気になり、西村は数日前のやりとりを思いうかべた。

グランドハイアット東京の四階で食事をし、おなじフロアのジャズラウンジに移った。ピアノの音色が耳にやさしい。ライブは始まっていなかった。

西村はウイスキーの水割り、大原はオンザロックを頼んだ。

「野球賭博を挙げるか」

大原が声をひそめた。

「的は、有名人か」

「胴元だ。東京ではかなりでかい。客は五百人を超える」

「ほう」

声が洩《も》れた。

野球賭博の胴元としてはおおきい。電話やメールを通じて張り客に接する胴元はせいぜい数十人の客を持つ程度で、十人前後の客を相手にする胴元もすくなくない。

思いつきが声になる。

「胴元は金竜会か。で、つぶしてほしい」

「くだらんことをぬかすな」

「確かな情報はあるのか」

大原が上着の内ポケットに手を入れた。

「こいつをさぐれ」

渡された用紙を見た。〈城之内六三《じょうのうちむつみ》〉という名前と、二つの住所が記してある。

「何者だ」

「自分で調べろ。興味が湧いたら連絡をよこせ」

大原が左手首のパテックを見た。

直後に着物姿の女があらわれた。見たこともない顔だった。

城之内六三は実在する。片方の住所に住民登録をしていた。三十五歳、独身。職業はイベントプロデューサーで、もうひとつの住所は『六三企画』のオフィスだった。

そのことを話し、最後につけ加えた。

「やってほしけりゃ、もっと情報をよこせ」

「もういい」大原が面倒そうに言う。「どうせ、おまえは動けん」

「おい」前のめりになった。「なにを隠してやがる。ふくんだもの言いをしやがって」

大原が猪首《いくび》をまわした。

いらいらがつのる。怒声を発する寸前にポケットの携帯電話がふるえた。

ディスプレイで相手を確認した。声すら聞きたくない相手だ。が、無視すればしつこくかけてくるだろう。その場で耳にあてた。

「なんだ」

《くそ。まともな会話はできんのか。うっとうしい》

「なら、かけてくるな。切るぜ」

《待て。話がある》

「……………」

《三十分後、けやき坂通りのＢ ｂａｒにこい》

通話が切れた。

西村は携帯電話のデジタルを見た。午後四時になるところだ。大原に声をかけた。

「でかける」

「いちいち言うな。俺はおまえの女房じゃない」

地蔵のように立っていた深谷の肩がゆれた。笑いを堪《こら》えたのだ。

マンションのエレベーターを降り、そとに出た。

「言葉たらずで、すみません」

深谷が頭をさげた。

「おまえが謝るな」

「先輩が気分を害されたようなので」

「やくざにおちょくられて気分のいい刑事《デカ》がいるのか」

深谷が眉尻をさげた。八の字になる。

「城之内を知ってるか」

「勘弁してください。けっこう居心地がいいんです」

「わかった」

あっさり返した。深谷の人生に責任は持てない。

深谷も自分の気質はわかっている。ひと言の相談もなく、大原の乾分になった。

警務課に依願退職を迫られたときもそうだった。警察情報の漏洩《ろうえい》。マル暴担当の刑事なら誰でもやっていることでクビを切られた。

警務の執拗《しつよう》な詰問にも、深谷は同僚のことはいっさい喋らなかったという。おそらく警務は組織犯罪対策四係の実情をさぐろうとしたのだ。自分が最大の標的だったのは考えるまでもなかった。深谷が辞表を提出する前にそのことを知っていれば警務課に怒鳴り込んでいた。人事を掌握する警務課の者にもふれられたくない疵《きず》はある。

深谷が麻布署を去って五年が過ぎた。大原のボディガードから始まり、いまでは組事務所を仕切るまでになった。信頼を得たのだ。大原が金竜会を離脱して生田連合の盃《さかずき》を受けるまでのひと月あまり、深谷は片時も大原のそばを離れなかったという。

「決めつけないほうが……」

深谷が語尾を沈めた。

「どういうことだ」

「城之内に関してはいろんなうわさがあって。では」

深谷が踵《きびす》を返そうとする。

「近いうち飯を食おう」

「たのしみです。けど、情報は期待しないでください」

「するか」

西村のほうから背をむけた。

人気のない路地を左右に折れ、芋洗坂をくだる。大通りの信号を渡ると六本木けやき坂通に入る。なだらかな坂をのぼり切ればテレ朝通に接する。その手前の複合ビル一階に、バカラ直営の『Ｂ ｂａｒ』がある。年中無休だ。

「いらっしゃいませ」

バーテンダーのやさしい声がした。

静かだ。左側のテーブル席に男がひとり。開店直後はそんなものだろう。

西村は先客の正面に座った。組織犯罪対策課四係の箱崎係長。直属の上司だ。箱崎は目を合わそうともしない。体重は百キログラムを超えたか。寸胴の上に下駄のような顔が載っている。ぱっと見た目は強面なのに、そう感じないのは垂れた太い眉のせいか。その下の三角の目はにごった光を宿している。

「烏龍《ウーロン》茶を」

バーテンダーに言った。

箱崎が顔をむけた。

「飲まんのか」

「悪酔いしそうだ」

「けっ」箱崎がグラスを傾け、煙草をふかした。「気分が悪いのは俺もおなじだ。好きこのんでおまえと会ってるわけじゃない」

「講釈はいらん。用を言え」

赤いコースターの上にちいさめのワイングラスが載った。

バーテンダーが無言で離れた。雰囲気を察したのだ。

箱崎が口をひらいた。

「近々、本庁に覚醒剤撲滅の専従班が設置される。おまえはそれに参加する」

「命令か」

「通達だ。俺の意思でも、麻布署の上が決めたことでもない」

「……………」

西村は烏龍茶を口にふくんだ。香りがひろがる。時間が経つにつれて味と香りが微妙に変化する。それをたのしむためにワイングラスを使用しているという。

箱崎が言葉をたした。

「本庁の意向だ。専従班を仕切る参事官がおまえを指名した」

「そいつの名は」

「吉野哲晴。頭が切れると評判らしい」

「切れすぎて、頭がおかしくなったのか。俺を指名なんて、正気の沙汰とは思えん」

「そうかもな」

箱崎がそっけなく言った。

「理由を聞いたか」

「知らん。青木に押しつけられて、おまえに連絡した」

箱崎は上司の青木課長を呼び捨てにする。そりが合わないのだ。復帰した部署は居心地が悪くなっていたか。青木と箱崎が衝突したとのうわさはしばしば耳にする。

「ことわる。そう伝えろ」

「直に言え」

「課長ではらちがあかんだろう」

「青木じゃない。参事官だ」

箱崎がメモ用紙をテーブルに置いた。

名前と電話番号が書いてある。

西村は手のひらをあて、用紙をまるめた。

箱崎が首をすくめた。

「クビになるぞ。おまえをかわいがっている青木も庇《かば》えん」

西村は目で凄《すご》んだ。青木との仲は悪くない。が、周囲が思うほど親しくもない。

箱崎は動じなかった。

「ひとつだけ、教えてやる。専従班の、初っ端の標的は金竜会だ。本庁は神俠会と生田連合の抗争がエスカレートするのをおそれて、しゃかりきになっている」

「それなら、あんたのほうが適任じゃないか」

箱崎は東仁会《とうじんかい》とつながっている。関東では誠和会《せいわかい》と二枚看板の暴力団だ。準構成員をふくめ、千八百人。本部は六本木にある。箱崎と東仁会会長の腐れ縁は関係者の誰もが知っている。その縁は箱崎が麻布署を離れても切れなかったようだ。麻布署に戻ってからは、東仁会若頭の長谷川《はせがわ》武士《たけし》に接近しているという。

「俺も召集された」箱崎が息をつく。「麻布署に戻された理由。ようやく読めた」

「あんたが関西やくざを嫌ってるからか」

「ものははっきり言え。俺を経由して、東仁会からのネタを期待してる。おまえもそれくらいわかるだろう」

東仁会は関東における反神俠会勢力の筆頭である。神俠会とは親戚関係にある誠和会とは体質が異なる。そのへんを考慮しての人選か。それなら自分を指名したのも頷ける。大原なら古巣の弱点をつかんでいるとの読みが働いた。

そこまで推察し、はっとした。

神俠会は去年の八月に分裂し、そのひと月後、箱崎は麻布署に復帰した。その時点で本庁は専従班設立を計画していたのか。用意周到の上で、自分や箱崎を召集したのか。

西村は視線をおとした。まるめたメモ用紙がある。ひろげたくなった。

「塵《ごみ》だな」箱崎がつぶやいた。「本庁に利用され、用が済めばポイ捨てだ」

箱崎の横顔を見た。頬に潜む翳《かげ》が濃くなっている。

「あんたも、ことわれ」

「そうはいかん。麻布署に戻された理由が推測どおりなら拒めばクビ。その先も見える。俺は、やくざに深入りしすぎた」

「……」

かける言葉がうかばなかった。

マル暴担当の刑事は敵の懐に入ってなんぼの稼業だ。裏社会の情報を得るためならなんでもやる。やくざとはギブ・アンド・テイクが基本だが、絡め取られるように、やくざに飼いならされる連中もいる。

だが、それもこれも現役でいる間のことだ。利用価値がなくなった元刑事は相手にされない。邪魔者なのだ。裏事情を知りすぎた者や、退官後に手のひらを返した者はどうなるか。過去の犯罪履歴を見ればあきらかである。

「おまえも……」

「うるさい」声がとがった。「よけいなお世話だ」

「あまり粋がってると、おしゃれもできんようになるぞ」

箱崎が西村の腕にふれた。夏はモヘア、冬はカシミア。春と秋、大原が英国製の生地でスーツを仕立ててくれる。それがあたりまえのようになって長い年月が経った。

にぶい音がして、西村は視線をふった。

空き地で、少年がサッカーボールを蹴っている。五、六歳か。脚をふりぬいた。民家の塀にあたり、ボールは力なく草の上を転がった。

西村は立ち止まり、声をかけた。

「公園でやれ」

「公園はだめだって」

か細い声がした。

「ここはもっとだめだ。住んでいる人が迷惑する」

少年がボールをかかえ、うなだれた。

世田谷区代田の住宅街を歩いていた。ちらほら民家に灯がともっている。どこからかカレーのにおいが流れてきた。

西村は足を動かした。

空き地のとなりに自宅がある。百七十五平米の土地と木造平屋建ての家は妻の名義だ。築十五年。耐震基準が改正された翌年に義父が建て替えた。その三年後に急性心筋梗塞で義母が逝き、あとを追うように義父も他界した。糖尿病が悪化しての、死因は多臓器不全だった。兄弟のいない妻に懇願され、官舎から移り住んだ。

サングラスをはずし、門扉を開けた。

「お帰りなさい」

庭の縁側に、妻の美鈴《みすず》がいた。麻紺のワンピースに、サンダルをつっかけている。

またすこし痩せたか。

ぎこちない笑みをうかべながら美鈴に近づいた。

「わたしは平気です」

「ん」

「子どもを叱らないで」

西村は口をすぼめ、美鈴のとなりに腰をおろした。

「散歩してきたのか」

美鈴が首をふった。

「ごめんなさい。あなたが早く帰りそうな気がして買物をしようと思ったけど」

「気にするな」

言って、西村は庭に目をむけた。

松の木のどこかでツクツクボウシが鳴いている。塀際には赤い花が群れている。彼岸花は三分咲きだった。

もう五年になるのか。ふと、西村は思った。

美鈴は都内の大学病院で心臓外科の手術を受けた。手術は成功したと聞いた。が、心臓の狭窄症《きょうさくしょう》が治っても、胸の不快感やめまいなどの症状は消えなかった。

──ストレスが原因とも考えられます──

医師はそう言い、定期的な検診を勧めた。

出先で発作がおきるのをおそれて、美鈴は家にこもることが多くなった。

──彼岸花の種を蒔《ま》いたの。来年、花が咲くの、たのしみ──

美鈴は少女のような顔で言った。

あれから五年、彼岸花は増え続けている。

「出前を取ろう。鮨《すし》にするか」

「それでは、あなたに申し訳ない。お家《うち》にあるもので何かつくります」

美鈴が立ちあがろうとする。

西村は美鈴の腕を取った。

そんな言い方はやめろ。怒鳴りかけた。手の感触が湧きあがる感情を抑えた。腕はさらに細くなったような気がした。かつての美鈴に戻れと言うのは酷なのかもしれない。

「お願いがあります」

美鈴が言った。

声に意志を感じた。

「なんだ」

「髪を切ってください」

西村は視線をずらした。

黒髪はうしろに束ねてある。

あれから切ってなかったのか。そのひと言も胸に留めた。手術を受ける数日前だった。ヘアカット用の鋏《はさみ》を手にし、切ってほしいと頼まれた。

「うっとうしくなってきました」

「待ってろ」

西村は靴を脱ぎ、縁側にあがった。

ビニールシートとバスタオル、鋏や櫛《くし》を持って戻った。

縁側にシートを敷き、美鈴を座らせる。肩にバスタオルをかけた。どきっとした。指先にふれた鎖骨はそれしきで折れそうに感じた。

「どうなっても文句は言うなよ」

美鈴がクスッと笑った。

「どうした」

「あのときもおなじことを……よかった、おなじで」

「ふーん」

曖昧に返し、上着を脱いだ。シャツの袖をまくる。

どれほどの時間が経ったのか。おおきく息をついたときは庭に闇が降りていた。ツクツクボウシは飛んで行ったか。鳴きくたびれて眠ったか。

「ありがとう」あかるい声だった。「軽くなりました」

美鈴が立ちあがり、庭の真ん中でバスタオルをふった。パタパタと音がする。

「お鮨屋さんに行きたい」

美鈴が笑顔で言った。

「ああ」

「シャワーを浴びさせて」

西村は頷いた。すこし距離が戻ったような気がした。

美鈴が座敷のむこうに消える。

それを見送ってから、後始末を始めた。

ビニールシートを畳んでいるとき縁側で音がした。携帯電話がふるえている。手に取った。電話番号に憶えがない。が、見たような気もする。耳にあてた。

《警視庁の吉野です》

丁寧なもの言いだった。親しみを感じる声音だ。

《ことわったそうだね》
「群れるのは苦手なもので」
誰が相手でも雑なもの言いは変わらない。それも、あたりまえになった。
《群れる必要はない》
「……」
《君が必要なんだ》
ひと声ごとに口調が強くなった。
「俺の、なにがわかっているんです」
《週刊誌に上司の悪行を売った》
「……」
箱崎のことだろう。それなら事実だ。
《どうして売った》
「我慢できなかった。個人的な怨みだった」
《ありきたりだな》くだけた口調だった。《とにかく、会おう》
「時間のむだ……」思い直した。やっかい事はひきずりたくない。「時間と場所を」
《あさって、赤坂のキャピトルホテル。午後八時、四階のバーで》
通話が切れた。

西村は携帯電話を見つめた。

「どうしたの」

声がして、縁側を見た。

美鈴は着替えていた。タンクトップもチノパンツも白。ネイビーブルーのシャツの前裾を臍《へそ》のあたりで結び、空色のポシェットを肩から掛けている。

「お仕事なの」

美鈴の表情がくもった。

「くだらん電話だ」携帯電話をポケットに入れる。「さあ」

西村は縁側に近づき、手を伸ばした。

美鈴の目が糸になった。

★

★

前方の信号が点滅している。

４ＷＤはポルシェの後尾に停まった。

「なかなか隙を見せませんね」

運転席の南島が言った。

「違反切符を切りたいのか」

「それを口実に職務質問《シヨクシツ》を……」

「かけてどうなる」

小栗は声を強めてさえぎり、煙草をくわえた。助手席のウィンドーは降ろしてある。

南島にへこむ気配はない。

「三十歳で911カレラ、新車なら千三百万円」南島がうらやましそうに言う。

「雇われの店長なのに。あの店、にぎわっていましたね」

きのう、南島を連れてショーパブ『カモン』に行った。ポールダンスショーをやる店として知られている。防犯の巡回名目で何度か見たことがある。だが、店長と話したことはなく、張り込み中に撮った写真を見ても店長とは気づかなかった。そんなものだ。巡回はひまつぶし。トップレスのダンサーに目がくぎづけになっていたせいもある。

写真の男の身元は犯歴で判明した。信号無視とスピード違反。『カモン』店長の岸本健次《きしもとけんじ》は道路交通法違反で二度の罰金刑を受けていた。

きょうの正午前から乃木坂のマンションを見張った。岸本が住んでいる。駐車場に岸本の車があるのを確認し、4WDを路肩に停めた。

岸本の監視は思いつきだった。

――例の二人のデータが届きました――

麻布署に出勤してほどなく、南島から電話があった。いつもは福西を経由するのだが、仮眠中の福西を気遣ったという。

信号が変わり、ポルシェが走りだした。飯倉片町から目黒方面へむかう。

４ＷＤはぴったり尾《つ》いた。間にほかの車をはさむ余裕がないのか。ポルシェにふり切られるのを警戒したのか。が、指示はしない。

ポルシェはシェラトン都ホテル東京を過ぎてから右折したあと速度をおとし、路肩に寄った。ハザードランプが点滅する。岸本が車を降り、ケーキ屋に入った。

南島が手帳を開き、ボールペンを走らせる。店名を書いたのだ。

岸本が紙袋をさげて出てきた。

外苑西通を道なりに進めば天現寺橋に着く。その交差点を右折すれば左に麻布十番を見ながら一の橋、左折なら恵比寿方面へむかう。

「あそこで麻雀をやるのでしょうか」

南島が訊いた。

天現寺橋から監視対象のマンションまで車で五、六分の距離である。

「それはない」

きっぱりと言った。

午後二時になるところだ。集めた情報によれば、岸本は午後四時までに『カモン』に出勤するという。これまで平日の昼間に麻雀賭場が開いた様子はなかった。
「先に入ってろ」
駐車場を出て南島に声をかけ、携帯電話を耳にあてた。
《近藤だ》
元気な声がした。
「愛妻弁当を食べたのですか」
《ひさしぶりに……よけいなことは言うな》
「書くものはありますか」
《ああ》
「六三企画……漢数字の六と三です。所在地は六本木三丁目△〇―〇×、六本木ＭＭビル二〇二。調べてください」
《なんの会社だ》
「わかりません。監視対象者のひとりがそこに入りました」
岸本は雑居ビルの階段をのぼった。各階の通路は道路側にあり、岸本がどの部屋に入ったかを視認することができた。
《わかりしだい連絡する》

近藤が通話を切った。

小栗はファミリーレストランに入った。ウェートレスにカレーライスとフリードリンクを注文し、煙草を喫いつける。

南島が席を立った。ドリンクを取りに行ったのだ。

小栗は、ジャケットから封筒を取りだした。麻布署生活安全課の内林課長と組織犯罪対策四係の箱崎係長に関するデータだ。４ＷＤの中で受け取った。その場ではざっと見て封筒に戻した。南島は口をもぐもぐさせたが、声にならなかった。

両手にグラスをさげ、南島が戻ってきた。

「おまえはデータを見たのか」

「はい」あっけらかんと言う。「箱崎係長はそうとうなワルですね」

「部下になれ。おいしい思いができるぞ」

「はぶりを利かせられるのもあと二、三年です」

「おまえが処分するのか」

入庁一年目の南島は警務部署への配属を望んでいる。人事にかかわり、不良警察官の一掃と、縦社会の弊害をなくすそうだ。

「小栗さんの昇進のつぎは、箱崎係長の左遷です」

南島の顎があがった。

そこへウェートレスが料理を運んできた。

南島の前にはハンバーグとライス。エビフライが付いていた。

「どうりでフクと気が合うわけだ」

「えっ」

南島がきょとんとした。

「なんでもない」

言って煙草を消し、フォークを持った。サラダを食べ、スプーンに持ち替える。

南島がきれいにたいらげ、紙ナプキンで口を拭った。

「以前、箱崎係長は麻布署を追いだされたそうですね」

「うわさだ」

「左遷されたのに、どうして古巣に戻ってきたのでしょう」

「知るもんか」ぞんざいに言った。「この二人のことは忘れろ」

「そう言われても、記憶力がいいもので……」

「うるさい」

南島はひるまない。気質も福西と似ている。

「この二人」南島がデータを指さした。「麻雀賭博とは別件ですよね」

「フクがそう言ったのか」

「いいえ。福西先輩の口が堅くて……だから、そう感じました」

小栗はそっぽをむき、煙草をふかした。

南島がくいさがる。

「ごほうびに教えてください。二人のなにを調べているのですか」

小栗は答えなかった。答えようがない。目的があっての身辺調査ではないのだ。

南島がため息をついた。わざとらしい。二十三歳の若者らしくない。

「どうして岸本の尾行をやめたのですか」

「腹が減ったからだ」

南島の目つきが鋭くなった。ばかにされた気分になったか。

「あいつは四時までに出勤する。店の関係者によれば、遅れたことはないそうだ」

南島の表情が戻った。

「岸本を取り調べるのですか」

「条件がそろえば」

「どんな」

「いろいろある」

曖昧に返した。南島は地域課から借りている。気心が知れてきたとはいえ、福西とおなじ扱いはできない。南島から離れて近藤に連絡したのもおなじ理由だ。

南島が不満そうな顔を見せた。

携帯電話がふるえた。近藤からだ。

「行くぞ」

南島に声をかけ、小栗は伝票を手にした。

坂をくだる脚が軽く感じる。乾いた風が背を押した。

麻布署の裏手にあるカフェテラスに入った。

歩道寄りの席で、近藤は用紙を見ていた。

小栗は椅子に座って声をかける。

「何ですか、それ」

「元締と帝王のデータだ」

声が硬かった。顔は締まっている。

小栗は煙草とライターをテーブルに置き、ウェートレスに氷なしのミルクを頼んだ。朝から缶コーヒーばかり飲んでいた。胃がむかむかする。

「どうした」近藤が煙草を手に取った。「おまえも胃をやられたか」

「そんな勤勉な男に見えますか」

「見えん」

近藤がライターを持った。あわてての け反る。風にあおられ、炎が鼻先にふれたのだ。

煙草をふかしてから言葉をたした。

「とはいえ、キャリア様の指名だからな。神経を遣うだろう」

「係長のほうが厄介です。そんなことよりも、どうしてデータを」

小栗も煙草をくわえた。ライターの炎は手のひらで囲んだ。

「後見人だからな。それに、まかせっぱなしにしておけば、胃に穴が開く」

「それを見るほうが身体に悪いと思うけど」

「あれこれ邪推しなくて済む」

「そうですか」

投げやりに言った。

ウェートレスがグラスを運んできた。

ミルクを飲んで煙草をふかす。

近藤が口をひらいた。

「警務課の情報網はすごいな。あちこちの部署にスパイがいるとしか思えん」

「同感です」

言ってすぐ、小栗は顔をしかめた。が、もう遅い。

「ん」近藤の顎があがる。「おまえも見たのか」

「ええ」

声がちいさくなった。

「いつ、どこから。参事官ではなさそうだな」

「聞けば胃が破裂しますよ」

「そうか」

あっさり返したあと、近藤が首をひねる。

「どうしました」

「なにを考えているんだ」

「なにも」

「おまえじゃない。参事官だ。真意がわからん。参事官もこのデータを見たはずだ。そのうえでおまえに写真を渡した」近藤が顔を近づける。さぐる目つきだ。「ほんとうに具体的な指示はなかったのか」

「かわいい部下を疑うのですか」

「俺はな、自分の目よりも、おまえの言葉を信じる」

近藤が真顔で言った。

小栗は口をあんぐりとした。近藤のほうが一枚も二枚も上手だ。

「信じるが、正直に答えろ。指示はあったのか、なかったのか」

「本人に訊いてください」

「やれるものならとっくにそうしたさ」近藤が姿勢を戻した。「うわさだが、箱崎は専従班に参加するらしい」

「……………」

頭の片隅で警鐘が鳴りだした。

小栗は頭をふった。不確実な情報は要らない。頭が混乱するだけだ。これからやることへの足枷《あしかせ》にもなりかねない。警務のデータのウラを取る。自分の目で見てようやく情報は確かなものとなる。

ミルクを飲み干してから口をひらいた。

「六三企画の件はわかりましたか」

近藤がジャケットの懐に手を入れた。

小栗は、四つ折りの資料をひろげた。B5用紙が一枚。文字量がすくない。

「ぷんぷんにおうな」近藤が言う。「主な業務にイベントの企画・立案、運営とあるが、業務実態は不透明だ。それよりも胡散臭《うさんくさ》いのは社長の城之内六三の経歴だ。たった一年の間に三回も、会社の設立と倒産をくり返している」

ペーパーカンパニーか。そう思うが、推測しても意味がない。

小栗は資料を見た。

運転免許証の写しがある。

――城之内六三　昭和57年8月29日
　本籍　奈良県橿原《かしはら》市大軽町△－○×

　住所　東京都渋谷区恵比寿南二丁目○△－×△

　交付　平成28年3月4日――

　その下の略歴に目を移した。

　関西の私立大学を卒業後、大阪市内のイベント会社に就職していた。

「イベント会社を三年で辞めたのは犯歴と関係があるのですか」

　城之内は二十六歳のときに傷害事件をおこし、懲役一年六か月、執行猶予三年の判決を受けた。その後の経歴は不詳で、一年前、渋谷区に住民登録を申請した。渋谷区西原、中野区本町と移り住み、都内での三度目の移転先が現住所である。

「わからん」近藤がそっけなく言う。「知りたいのか」

　小栗は首をふった。道府県の警察が担当した犯罪事案の報告書は閲覧可能だが、手続きが面倒だ。いまのところそこまでやる必要は覚えない。

「俺は気になる」

　近藤がぼそっと言った。

「なぜです」

「数日前に、城之内の個人データを見たやつがいる」

「うちの署の者ですか」

「ああ。四係の西村巡査部長だ」

名前と顔はわかる。情報交換で立ち話をしたことがある。うわさも聞いている。

近藤が言葉をたした。

「西村も専従班に参加するそうだ」

「そんな話をどこから……」

小栗は声を切り、苦笑を洩らした。自分のことも署内でうわさになっているのか。そう思えば気分が重くなる。

「まあ、いいか」近藤が息をつく。「よその部署より、わが部署だ。城之内に接触した監視対象者は何者だ」

「カモンというショーパブの店長です」

「ポールダンスの店か」

近藤の顔があかるくなった。

「行ったことがあるのですか」

「一度だけ。生活安全部署の幹部研修会のあとだった。うちの課長が誘って、十数人で行った。おおいに盛りあがったが、あとが悪い。何日か経って課長に請求書を渡された。見て、びっくりだ。が、突き返すわけにはいかん。裏ガネで処理した」

「幾ら」

「二十万円……割引料金だとほざかれた」

近藤が忌々しそうに言った。

小栗は口をつぐんだ。同情の余地はない。自業自得。内林課長の気質はわかっているはずだ。それに本人もたのしんだ。なによりも、自腹を切ったわけではない。生活安全課が所管する組織や経営者から吸いあげた裏ガネである。

紫煙を吐いて話しかけた。

「岸本に的を絞ります」

「なにをつかんだ」

「岸本は野球賭博もやっているようです。店の従業員によれば、本人にそれを隠す様子はなく、常連の客とも野球賭博の話をしていると。試合の結果で機嫌が変わるから試合がおわる時刻になるとはらはらするそうです」

「そっちで身柄を引くのか」

「決めていません。が、引きやすい環境にあるのは確かです。カモンのケツ持ちは郡司組で、郡司が店に出入りしているとの情報もあります」

「一石二鳥か」

「はあ」

「三鳥か。麻雀と野球……郡司への怨みも晴らせる」

「ばかなことを」

あきれて苦笑もでない。小栗は煙草で間を空けた。

「それと、きょうから捜査の方法を変更します。マンションの張り込みは午後五時から……地域課の二人に交替でやらせます。身元が割れた七人の誰かがあらわれたときは俺か福西が合流する。あとは臨機応変です」

「徳永の見張りはやめるのか」

「いいえ。が、やつはフクロウです。昼間はめったに外出しません。近くの喫茶店に行くか、ビデオショップを覗くか。たぶん客がこない日でしょう。夜中にでかけることもあるけれど、午前一時ごろには家に帰ります」

「どこにでかける」

「六本木の麻雀店に顔をだし、そこの客と飲みに行くことが多いですね」

「気になる行動はないのか」

「ええ」

「いいだろう。で、地域課の二人にマンションのほうをまかせて、おまえらはどうする。岸本に張りつくのか」

「それもいいですね」

小栗は何食わぬ顔で言った。

「そうか」近藤の声がはずんだ。「ロックバンドの吉田だな」

思考がずれている。吉野の指示は失念したか。が、話を合わせた。

「吉田の疑いは濃厚になりました」

「麻雀部屋に出入りしているんだな」

「その可能性が高いということです。吉田が使っているミニバンはこの半年で九回、マンションの近くを走行していた」

「Nシステムか」

小栗は頷いた。

けさ、Nシステムを管理する部署に問い合わせた。

自動車ナンバー自動読取装置、通称Nシステムは都内の主要道路に設置されている。交通犯罪に対応するためだが、重要犯罪事案での不審車両の割り出しにも活用されるようになった。いまではどこの部署でも防犯カメラとNシステムをあてにする。Nシステムの映像は警視庁および道府県の警察本部の専門部署が保管している。

「確証をつかめ。なんとしても吉田の身柄を取れ」

近藤が私欲をさらけだした。それにも慣れた。ほほえましいとも思う。

「防犯カメラを回収しましょう」

「だめだ」

即答だった。欲に駆られても保身の術《すべ》は忘れない。

「内偵捜査の段階での映像回収は慎重にとの通達があった。プライバシーとか人権とか……そんなもの、ネットではクソ食らえなのに」

近藤がいら立たしそうに言った。

気にしない。近藤の感情は秒単位で変わる。

「岸本に専念します」

「そいつの供述が取れ次第、回収の手続きを踏む」

近藤があたらしい煙草を喫いつけた。

小栗は街路を見た。

風が強くなった。女がミニスカートの裾を押さえながら歩いている。

「参事官のほうはどうなった」

声がして、視線を戻した。

「手つかずです」

「そんなことでいいのか」

「心配なら、データ以外の、二人の情報を集めてください」

「俺が傍観していると思うのか」

「さすが、係長」

うそとお世辞は勝手に口からでてくる。ついでに、手のひらを差しだした。

「ない。手は打った。連絡待ちだ」

近藤は部署の内外に人脈がある。

「皆、慎重になっているんだろう。手強《てごわ》い相手だからな。うちの課長はあらゆる部署に網を張っている。おまけに、署長はもうかかえ込まれた。箱崎係長は狂犬だし……麻布署を追放されたとき、やくざを使って同僚を痛めつけたそうだ」

聞いたことがある。

その同僚は六本木のバーを出たところで男らに囲まれ、駐車場に引きずられた。殴る蹴るの暴行だった。あっという間の襲撃だったという。目撃者の通報で警察官が駆けつけたときはすでに犯人らは逃走していた。被害者は犯人に心あたりがなく、動機もわからないと供述した。事件を担当した捜査官によれば、被害者は捜査に協力的ではなかった。麻布署の幹部らも早々に幕を引きたがった。警察としてみっともない事件というわけだ。犯人は見つからず、署内にはうわさだけが流れた。

うわさの主役が箱崎だった。

——左遷された怨みが同僚にむけられた——

——見せしめ……麻布署への警告だったかもしれない——

そんなうわさを耳にした。うわさの根っこには麻布署と暴力団の癒着がある。

「拳銃《チャカ》を持ち歩いたほうがいいですよ」

小栗は茶化すように言った。わずかだが、本音でもある。

「役に立たん。撃ち方を忘れた」

「手を引いてください。俺の足手まといになる」

「なんてことを」近藤が目を見開いた。「何度でも言う。おまえの点数は俺のものだ」

「しくじったときも責任を被《かぶ》ってください」

「むりを言うな。上は責任を負わない……警察組織の、長い伝統だ」

ばかばかしくて声もでない。

近藤が言葉をたした。

「おまえも気をつけろ」

「どう気をつけるのです」

「相手は狂犬だ」

「調教の仕方を知りません」

「ばかもん」近藤が唾を飛ばした。「作戦は。内林と箱崎……どっちからやる」

「……」

小栗は近藤を見つめた。

上官を呼び捨てにした。近藤は自分本位だが、筋目は護《まも》る。それを破った。

本気か。ひとりの警察官僚のために、麻布署での居心地を悪くするのか。

訊きたい衝動に駆られた。

「悩ましいわ」近藤がため息まじりに言う。「牛がうらやましい」

意味はわかった。牛の胃は四つあるという。

「考えなきゃいいんです。ばかな考え、何とかと言うでしょう」

「あいにく、おまえと違って、知恵がある」

「あ、そうですか」

小栗はほっとした。口が達者なうちは大丈夫だ。


六本木けやき坂をのぼり、複合ビル一階にある『Ｂ ｂａｒ』の扉を開けた。

ささやくように音楽が流れていた。

カウンター席の奥寄りに石井聡《さとし》がいる。肘掛にもたれ、バーテンダーと話していた。

顔を見るのはひと月ぶりか。電話で話すのも前回に会って以来だった。それがどうということはない。用もなく電話やメールはしない。誰にでもそうだ。

小栗は店内を見渡した。習慣になっている。初めての店では人の位置や雰囲気を気にする。カウンター席は石井ひとり、うしろのテーブル席には笑顔のカップルがいた。

石井の左側に腰をおろした。それも長い習慣になった。左腕で頬杖をつくせいだ。

「おなじものを」

バーテンダーに言い、楕円形《だえんけい》の灰皿を手前に引く。クリスタルがきらめいた。煙草をふかしてから石井に顔をむけた。

「急で、悪かったな」

「気にするな。身体はどうだ」

「問題ない。女も抱ける」

「なによりだ」

石井がグラスを空け、バーテンダーに声をかける。

「ロックにしてくれ」

「お連れ様はどうなさいますか」

「おなじだ」

異なるカットのタンブラーがきた。球形の氷に〈Ｂ bar〉の文字が彫ってある。

ひと口飲んで、石井に話しかけた。

「花摘には行ってるのか」

「たまにな。五分もいれば腰がうく」

なんとなくわかる。いつ行っても社員の誰かがアルバイトをしているのだ。

「明日香に聞いた。ほかの子もジャリタレあがりか」

「モデルにグラドル……いろいろだ」

石井が経営する『ゴールドウェブ』のオフィスは女ばかりだ。六人全員が二十代で、アイドルグループのような制服を着ている。石井によれば、自分一人で稼いでいるから社員は華があればいいそうだ。『花摘』では私服の皆が大人びて見える。

「面倒をかかえたのか」石井が言う。「気を遣うな。先に用を済ませ」

小栗は肩をすぼめた。石井は気配を察したのだ。グラスを半分空けたあと、頰杖をついた。そうすれば口が滑らかになる。

「六本木のカモンに行ったことは」

「ある。趣味じゃないが、取引先の連中がよろこぶ」

「店長を知ってるか」

「岸本か」

予想どおりだ。石井はどの店に行ってもスタッフに歓迎される。カネ離れがいいという理由だけではない。スタッフの表情を見ればわかる。

「どんなやつだ」

「おまえが知っていることを話せ」

いつのまにか、名前があんたに、あんたからおまえになった。距離が近くなったということか。小栗はあんたで通している。

「博奕《ばくち》好き。郡司とつながってる」

「それだけか」

「ああ。やつがやる博奕も、野球と麻雀しか知らん」

「で、的はどっちだ」

「賭博だ」

「そんなことはわかってる。野球か麻雀か……野球だな。賭ける額が違う」

「……」

小栗は目を白黒させた。他人まかせの博奕はいっさいやらないと聞いていた。

「どうした」

「くわしそうだな」

「やつに誘われた」石井が目で笑う。「九十万、儲けた」

どこかの球団に百万円を賭けたということだ。胴元は勝分の一割を取る。寺銭だ。

「一度きりか」

「ああ。見る試合やレースにカネを賭けるのは愚かだ。動物やマシンはもってのほか。俺には理解できん。そのときは取引先の方が興味を持たれたのでつき合った」

「欲がないやつに運は宿る。ほんとうのようだな」

「俺は運だけで生きてきた」

さらりと言い、グラスを手にした。

小栗は石井の横顔を見つめた。

睫毛《まつげ》が長く、鼻梁がとおっている。

石井が人指し指でネクタイを弛《ゆる》めた。

小栗は重くなりかける口をひらいた。

「岸本もけっこうな勝負をしてるのか」

「どうかな。客席で三十負けた、五十勝ったとほざいているが」

「店の客を誘ってるわけか」

そうとしか考えられない。下ネタと博奕は酒の肴《さかな》の定番だ。岸本はそれを聞きながら相手を選び、博奕好きな者の射幸心を煽《あお》っているのか。

「ふーん」

石井が納得の表情を見せた。

「なんだ」

「的は野球賭博の胴元か」

「別件だ」

小栗は、岸本に目をつけた理由を簡潔に話した。

聞きおえるなり、石井が口をひらいた。

「ちんけな。ほかにやることはないのか」

「ない。デスクワークよりはましだ」

「好きにしな。塵の山からダイヤが見つかることだってある」

石井がチョコレートをつまみ、グラスを傾ける。

小栗は頬杖をついたまま煙草をふかした。

女が入って来た。ベージュのミニワンピースの上にオフホワイトのジャケット。ひと目でホステスとわかる。胸の谷間が窮屈だ。背中と腹のぜい肉を寄せ集めたか。

女は扉に近いカウンターの端に座った。

「いつもの」

バーテンダーに声をかけ、細い煙草をくわえた。ダンヒルで火をつける。吐いた紫煙がカールの効いたセミロングのヘアに絡まった。

「メモ用紙はあるか」

声がして、小栗は視線をずらした。手帳をひろげ、一枚をちぎった。

石井が携帯電話を見ながら、ボールペンを動かした。

「やつのケータイの番号だ」石井が言う。「いつでもどうぞと教えられた。別の番号も知ってるから、こっちは野球専用だな」

「助かる」

「この件は、これでお仕舞にしろ。おまえとの距離がずれる」

「ああ」

グラスをあおった。ふかした煙草はにがく感じた。

「言い方を間違えた」石井の目が細くなった。「おまえの立ち位置がずれる。俺に貸し借りはない。誰にも見返りは求めん。なのに、おまえが窮屈になるのはこまる」

「なるか」

ぞんざいに返した。石井への配慮だ。

こんどは二人の男が入って来た。

小栗はじっと見つめた。ひとりと目が合った。組織犯罪対策課四係の箱崎係長だ。もうひとりも吉野参事官がよこした写真の人物である。生活安全課の内林課長。小栗の上司だが、めったに口をきいたことがない。

「きょうもきれいだね」

内林が言い、端に座る女のとなりに腰をおろした。顔はやにさがって見えた。自分がいることには気づかなかったようだ。気づいても陳腐な台詞は口にしただろう。

箱崎は内林とならんだ。石井とは三席分の距離がある。

「お友だちか」

石井がつぶやいた。

「それではあんたに失礼だ」

「関係ない。おまえはおまえだ」

本音だと思う。小栗も石井の人脈には興味がない。が、石井の表情がけわしくなったように見える。それが気になった。

「知り合いか」

「箱崎とな」

「やつに挙げられたのか」

石井には前科がある。傷害と恐喝。どちらも執行猶予が付いた。猶予期限が切れたのちに、石井は会社を興した。

「違う。が、しつこく絡まれた。俺が会社を設立したあとの半年ほどのことだ。あの野郎は俺を金竜会のフロントと思い込んだ」

石井は金竜会の金子会長と親しい。そのことは、二人の関係を快く思っていない郡司から聞いた。のちに、石井本人もそれを口にした。

「そうじゃなかったのか」

「てめえ」石井の目が据わった。「殺すぜ」

ぞっとするような声音だった。

小栗は石井のまなざしを受け止めた。冗談だと言えば非礼になる。石井は己の会社に心血を注いでいるのだ。視線をそらせば石井との縁は切れる。

石井が顎をあげ、息をついた。

小栗は声をかけた。

「出よう」

「ああ」

石井がバーテンダーを呼び、クレジットカードを手渡した。

小栗は先に席を立った。

扉にむかう途中、左腕をつかまれた。箱崎だ。

「上司に挨拶もなしか」

箱崎の声に、内林がふりむく。

「おう、小栗。いたのか」

内林は無視し、箱崎を睨《にら》みつけた。

「遊びの場だ。あんたにとやかく言われる筋合いはない」

「なんだと」

箱崎が声を荒らげた。

「相手にするな」内林が言う。「小栗、とっとと失《う》せろ」

それでも箱崎は手を放さなかった。

「おまえ、いつからマル暴担になった」

「はあ」

「あしたにでも、上まで挨拶にこい」

組織犯罪対策課は生活安全課のフロアのひとつ上の六階にある。

「あんたが降りてこい。取調室で相手をしてやる」

「くそが」

箱崎が舌を打ち鳴らした。

右腕を取られた。石井だ。顔がゆがんでいる。

小栗は左腕をふり払った。


そとに出た。六本木けやき坂通をくだる。向かい風になっていた。

「すまん」

「謝るな」

石井の声音は元に戻っていた。

「あのことじゃない。箱崎にまた目をつけられるかもしれん」

「知ったことか」

「……」

小栗は迷った。自分が箱崎と対峙《たいじ》すればどうなるのか。

「おまえ」石井が言う。「あの野郎と縁があるのか」

「できるかもしれん」

石井が無言で足を速める。

小栗はゆっくり歩いた。

どこかの酒場に入る。そのときはもう、石井は笑顔になっているだろう。

★　★

──古くなったパソコン、無料で回収します。液晶テレビにDVDデッキ、プリンターなど、なんでも……──

スピーカーから男の声が流れている。

路上を歩くスーツ姿の中年男が迷惑そうな目で軽トラックを見た。まもなく午前八時になる。マンションが建ちならぶ一角に人通りはすくなかった。

西村はドアを引き開け、軽トラックの助手席に乗った。

「消せ。うっとうしい」

「直になれるさ」運転席の佐藤《さとう》が言う。

「俺なんて、静かだと尻がもぞもぞする」

「うるさい」

ひと声はなち、西村は腕を伸ばした。スピーカーのスイッチを切る。

「疑われないか」

佐藤がハンドルに手をあて、フロントガラスを覗き込む。

斜め前方にグレーのマンションがある。五〇二号室に城之内六三が住んでいる。きのうから城之内を監視下に置いた。といっても、見張り役は警察官ではない。はじめは麻薬の売人を使った。『六三企画』のオフィスがある雑居ビルに張りつかせ、そこから出てきた城之内を尾行させた。城之内は六本木と西麻布の酒場四店を梯子《はしご》し、午前二時過ぎに帰宅したという。その報告を受けて、けさから廃品回収業者の佐藤に城之内の自宅マンションを見張らせたのだった。

佐藤は元やくざだ。六十七歳になる。傷害と銃刀法違反で三度の実刑をくらった。計七年半。一度は組のための服役だったが、出所後も幹部にはなれなかった。しのぎが下手だったからだ。腕力と懲役実績でのしあがる時代はとうの昔におわっている。代がわりのさい、わずかな慰労金を渡された。お払い箱だ。いまの組織に老犬の面倒を見る余裕などない。あっても、使いものにならないやつは切り捨てる。

「それでもかまわん」

言って、西村はコンビニエンスストアで買ったミネラルウォーターを飲んだ。

「何者なんだ」

「クズだ。俺はクズしか相手にしたことがない」

あきれたように肩をすぼめ、佐藤が煙草をくわえた。

「日当は幾らだ」

「五千円」佐藤が答えた。「ブツを持ちかえればマージンをもらえる」

「毎日、ブツにありつけるのか」

「とんでもない」佐藤が手のひらをふった。「週に五日稼ぎにでて、五、六個を回収できれば御の字。それも土日しか期待が持てない」

西村は頭で計算した。月二〇日労働で十四、五万円か。国民年金よりはましだ。やくざをやめたあと生活保護を受けているとも聞いた。

「張り込みはいつまで」

「相手次第だ」

「勘弁してくれよ。社長に怒鳴られる」

「俺が話をつけてやる」

社長も元やくざだ。非正規従業員五人の経歴も似たり寄ったり。連中よりも知恵がまわり、欲がある分、社長でいられる。

佐藤が紫煙を吐いた。

西村は顔をしかめた。スーツが脂臭くなる。

マンションから男が出てきた。

「ここにいろ」

言い置き、車を降りた。ひと目で城之内とわかった。

立て襟の白シャツにジーンズ。スニーカーを履き、セカンドバッグをかかえている。城之内はくわえ煙草で歩きながら携帯電話を手にした。

整髪料を使っていないのか、さほど長くはない髪が風になびいた。

くずれている。そう感じた。どこにでもいそうな身形をしていても、まともな人間でないやつは雰囲気でわかる。

西村は無言で近づいた。警察手帳を見せる。

城之内が足を止めた。

「なんやねん」

「ほう。関西者か。どこのやくざだ」

「あほくさ。やくざの顔に見えるんかい」

「チンピラにしか見えん」

「なんやて」

城之内が煙草を投げ捨てた。右手の拳が固まる。

「やるのか」

「やめとく」

たちまち顔の険が消えた。冷静な一面もあるようだ。

「煙草を拾え」

城之内が言うとおりにし、靴底で火を消した。

「なんぼや、罰金は」

西村は首をひねった。禁煙条例の名称や過料徴収額は区によって異なる。

「貸しだ。運転免許証があれば見せろ」

城之内がセカンドバッグを開いた。

運転免許証は警察データで見たものとおなじだった。

「仕事は。名刺はあるか」

「面倒なおっさんやのう。仕事熱心な刑事《デカ》は長生きせんで」

悪態をつきながらも名刺を差しだした。『六三企画』の名刺だった。

「六本木か。近いな。こんど寄らせてもらう」

城之内が眉間に皺《しわ》を刻んだ。

「迷惑か」

「あんた、麻布署か」

「そうだ。クズどもを相手にしてる」

「ここは渋谷署の島やで」

「あそこに」斜め向かいに見える白壁のマンションを指さした。「女がいる」

「そうかい。ほな、おなごの部屋におるとき連絡くれ。遊びに行くわ」

にやりとして、城之内が歩きだした。

ファミリーレストランで佐藤と朝食をとったあと、麻布署にむかった。

組織犯罪対策課は六階にある。半分以上のデスクが空いていた。

西村は誰とも言葉を交わさず自分のデスクに座った。領収書の束がある。腕の時計を見た。約束の時間まで余裕がある。抽斗から精算書を取りだした。

「西村」

低い声がした。上司の箱崎だ。

顔をむけると、箱崎が顎をしゃくった。

通路に出て、面と向かう。

「下の」箱崎が右手の親指を下にむけた。「保安の小栗を知ってるか」

「……」

西村は箱崎を見つめた。質問の意図がわからない。

「つき合いはあるか」

「あるわけない」

ぶっきらぼうに返した。

「石井聡はどうだ」

「金竜会の会長のダチか」

「ああ。小栗と石井が一緒に飲んでいた」

「それがどうした」

「そうとがるな」箱崎がなだめるように言う。「それはともかくとして、小栗には気をつけろ。やつも専従班に参加するらしい」

「知ったことか。俺はことわる」

「それは勝手だが、いまの話は頭に入れておけ」

「忠告か。どうして。生活安全課《セイアン》のやつに何ができる」

「参事官がやつを指名した。すでに顔を合わせたそうだ」

「まわりくどいぞ」怒気がまじった。「なにをびびってやがる」

「冗談言うな。が、めざわりになりそうな……いやな予感がする」

「くだらん」

西村は背をむけようとした。

「待て」箱崎の三角の目が鋭く光った。「忠告じゃない。警告だ」

「俺にどうしろと。助けてほしけりゃわけを言え」

「ふざけたことをぬかすな。お互いのためだ」

「自分のためだろう。俺は誰とも組まん」

「ふん。コバンザメが。課長がいなけりゃ……」

箱崎の声が詰まった。

西村は、箱崎の首をつかんだ手に力をこめた。

「いいか。二度と俺に近づくな」

靴音がする。

西村は手を放した。

同僚がかたわらを通り過ぎる。

箱崎がネクタイを弛めた。

「取り返しがつかんぞ」

「まだ言うか」

箱崎が両手を突きだした。

「参事官に会えばわかる」

「あんたは会ったのか」

「……」

「小栗のことは誰に」ひらめいた。「あんた、生活安全課の課長と仲良しだよな」

「内林も参事官の真意を測りかねている」

「課長も参加するのか」

「それはない。が、本庁の動きに神経をとがらせている」

「身にやましいことが……」

あとの言葉はのんだ。

内林は麻布署の主のような存在だ。署の裏ガネを管理している。それは周知の事実だから、赴任してきた警察官僚は内林を腫れ物にでもさわるように扱っている。

しかし、それと専従班との因果関係がわからない。

こんどは人声がした。複数だ。

「また連絡する」

箱崎が離れた。

三人連れが近づいてくる。視線が合うや、皆が口をつぐんだ。

六本木交差点を左折し、外苑東通を青山方面へむかう。東京ミッドタウンを過ぎて階段を降り、乃木坂通に面した雑居ビル一階の喫茶店に入った。

午前十一時になる。店内はがらんとしていた。

窓際の席でスポーツ新聞をひろげていた男がぺこりと頭をさげた。麻薬の売人の米田《よねだ》である。小柄の細身だ。めだたない風体は路地に出没する売人にはむいている。

米田は六本木を島にしている。ほかの地区ではしのぎをかけない。筋目とか仁義とかではなく、小心者なのだ。

西村は、店主の中年女にアイスコーヒーを注文してから、米田に声をかけた。

「ご苦労だった」

「とんでもないです」声も細い。「お役に立ちましたか」

「ああ」

西村は封筒をテーブルに置いた。一万円分の商品券が入っている。回収業者の佐藤には五千円分のそれを渡した。脛《すね》に疵を持つ者を情報屋に仕立てているが、仕事を依頼すれば報酬を支払う。もっとも、自腹を切るわけではない。大原組の事務所から頂戴する。経済やくざといわれる大原の下には企業や個人経営者からいろんな品物が届く。その中には約束事のように数十枚の商品券が添えてあるという。いつもセカンドバッグには十万円分の商品券を仕分けした封筒を入れてある。

米田の目が左右に走る。さっと手を伸ばし、封筒をズボンのポケットに収めた。

「もう用済みですか」

声に未練がまじった。

「覚醒剤《ジャブ》の値がはねあがって荒稼ぎしているんじゃないのか」

「からかわないでください。あんなべらぼうな値で買うやつなんていませんよ」

元プロ野球選手が覚醒剤事案で逮捕された。〇・一グラムを一万円で買ったと供述し、それをマスコミが報じた。覚醒剤は地域や環境によって価格に差が生じるけれど、小売値は〇・二グラムで七、八千円、〇・六グラムなら二万円前後が相場である。かつてはグラム単位で取引されていたが、使用者が長期間所持することへのリスクを避けるため、数回分の使用量で取引するようになった。ただし、芸能人やスポーツ選手はこれにあてはまらない。足元を見て、売人は高値でふっかける。ひそかに拡大しているネット上の取引も路上取引の三割、五割増しといわれている。

「あの野郎のおかげで客が警戒して……どうなんです」米田が眉尻をさげた。「まだ捜査を続けているのですか」

「そんなわけがない」

にべもなく言った。

店主がコーヒーを運んできた。

米田が煙草をくわえ、ライターで火をつける。

「そうですよね。芋づる式といってても組織のてっぺんまでは届きません」

「図に乗るな」

一喝し、コーヒーを飲んだ。

米田の言い分も一理ある。元締から売人までの間に何人も介在している。末端の売人は元締どころか仲卸人の素性さえ知らない。

警察が覚醒剤事案に執着しない理由はほかにもある。いたちごっこなのだ。性犯罪とおなじ、この世から麻薬中毒者はなくならない。

「ところで」声音を戻した。「やつのきのうの行動をくわしく話せ」

深夜の電話では訊かなかった。情報は直に聞く。それが基本だ。

米田がポケットをさぐり、しわになった紙切れを取りだした。

「六三企画を出たのは十時過ぎだった。まっすぐカモンという店に……俺は中に入らなかったけど……三十分ほどで出てきて、サファリという店に……そこは十分もいなかった。歩いて西麻布へむかい、フィンガー、キャッツアイ……キャッツアイには一時間近く……そのあとタクシーに乗った」

城之内がタクシーを降り、マンションに入った直後に連絡したという。

西村はメモ用紙を取った。中に入ったことがあるのは『カモン』と『キャッツアイ』。

どちらも六本木では評判の店だ。著名人らが通う店としても知られている。

西村は携帯電話を手にした。〈プロ野球〉を検索する。今夜は四試合が行なわれる。携帯電話をセカンドバッグに戻し、二つの封筒をテーブルに置いた。

「追加だ」

「気前がいいですね」

米田が顔をほころばせた。

「ショップで換金し、九時半までにカモンへ行け」

「店で、なにを」

「やつがあらわれたら、動きを観察しろ」

「わかりました」米田が封筒を手にする。「二万円分ですね。たりますか」

「おまえがうつつをぬかさなければ」

「それが心配で」米田が真顔で言う。「ポールダンスは映画でしか見たことがなくて。見とれてしまうかもしれません」

「しくじれば、檻《おり》の中で踊らせてやる」

米田が目をぱちくりさせた。

「俺は見たくもないが」

そっけなく言い、店内に目をむけた。

カウンター席に女店主が座っている。くたびれかけのトドのようだった。

「なにしに来やがった。営業前だぜ」

マスターの山路友明《やまじともあき》が野太い声を発した。

黒ズボンに白いTシャツ。カウンター席に座り、丸太のような腕でおしぼりを巻いていた。短髪の丸顔。風貌は現役のころと変わらない。かつては部署の二年先輩だった。

西村はカウンターの端に座った。

ちいさなバーだ。カウンターに六人、ベンチシートに四人が座れば満席になる。オープンして五年が過ぎた。が、一度も満席になったのを見たことがない。なっても接客はおぼつかない。平日は山路がひとりで仕事をしている。

「そんなもん、業者に頼め」

「俺は潔癖症なんだ」

山路が言い、巻いたおしぼりをホットボックスにならべる。香水をかけて蓋をした。カウンターの中に入り、棚のボトルをつかんだ。水割りをつくる。

「ひまつぶしか」

「訊きたいことがある」

言って、西村は水割りを飲んだ。濃い。ほとんどオンザロックだ。

「腹が減った」山路が煙草を喫いつける。「おまえは何が食いたい」

「まかせる」

「ひさしぶりだからな。中華をゴチになってやる」

山路が固定電話の子機を手にした。

「山路だ。酢豚と麻婆豆腐《マーボーどうふ》」山路が目で訊いた。「エビチャーハンと野菜スープを二つずつ。おまけのザーサイは大盛りで頼む」

通話を切り、山路がうまそうに煙草をふかした。

西村は山路を見据えた。

「この界隈《かいわい》で一番でかい野球の胴元はどこだ」

「おい、ねぼけてるのか」山路が目をまるくした。「現役はおまえだぜ」

「あんたは賭博の現役じゃないか」

「けっ。知ってたのか」山路に悪びれるふうはない。「博奕と女は金竜会、覚醒剤は東仁会……昔から変わらん」

山路は口が悪い。が、気はやさしい。それが命取りになった。やくざの女に惚《ほ》れた部下が組織に威《おど》され、山路が仲裁に入った。覚醒剤密輸事案の警察情報を組織に流し、部下は事なきを得た。が、情報漏洩を訝《いぶか》しく思った担当部署は内部調査を行ない、それを認めた山路は依願退職を強要された。六年前のことである。わずかな退職金でバーを開店できたのは雑居ビルのオーナーが暴力団とつながっていたからだ。

山路が言葉をたした。

「正確にはわからんが、郡司のところが一番だろう」

麻布署組織犯罪対策課四係に在籍していたころの山路は金竜会を担当していた。若頭補佐の郡司とは親しかった。西村も金竜会担当だったが、大原に近かった。その当時から郡司と大原は金竜会の跡目を争っており、それが大原離脱の根っことなった。

いまも郡司と縁があるのか。言いかけて、やめた。

「郡司は誰にやらせてる」

「そこまでは知らん。調べてほしいか」

「頼む。それと、きょうのハンデを見せてくれ」

山路がスマートホンをカウンターに置いた。

プロ野球の対戦カードに、矢印と数字がついている。

「巨人から一・五もでてるのか」

ほかの試合は小数点以下のハンデだ。

「巨人はエース、相手は先発五番手だ。もっとも、基は一か一・二だな。東京は巨人ファンが多い。で、胴元は基のハンデに上乗せする」

野球賭博の魅力は絶妙に切られたハンデにあるという。ハンデ師の仕事だ。関西在住の元プロ野球選手数名で考案したのがハンデの始まりといわれている。現在も基礎となるハンデは彼らの人脈が作成している。主な暴力団がそのハンデ表を買い、下部組織に売る。下部組織は島内の末端の胴元に流す。そのさいにハンデを調整するのだ。

「あんたは郡司の系列に張ってるのか」

「三つの胴元とつき合ってる。微妙に点数が違うからな。胴元の思惑が透けて見えたときに勝負する。せいぜい二、三万円だが」

山路がカウンターを離れた。クローゼットを開き、ワイシャツを着る。

ドアが開き、声がした。

「昇福亭です」

西村はズボンのポケットから札を取りだした。財布は持ったことがない。

溜池交差点の手前を左折し、だらだらと続く坂をのぼった。

腹ごなしに歩いたけれど、タクシーに乗ればよかったと悔やんだ。夜になっても汗がにじむ。西村には上着を手に持つ習慣がない。

ザ・キャピトルホテル東急のロビーに足を踏み入れる。汗が一気に引いた。

エレベーターに乗り、ザ・キャピトルバーに入った。

ひろく感じるのは片面が吹き抜けに接しているせいか。先客は五名いた。カウンターに二人、テーブル席に二人とひとり。ひとりでいる男がほほえんだ。

警視庁の吉野参事官だろう。写真で確認しなかった。行けばわかる。警察官僚の風体と雰囲気は記憶にある。似たような者ばかりだ。

吉野は記憶の人物らと異なっているように感じた。肘掛にもたれる様からは官僚の傲慢さは窺《うかが》えなかった。

「座りなさい」

近づくと、吉野が声を発した。電話の声とおなじだった。

言われるまでもない。姿勢を正しての、堅苦しい挨拶などしない。

吉野の正面に座り、上着の前ボタンをはずした。

西村はテーブルを指さした。

「水割りですか」

「そう。オールドパーだ」さらりと言う。「好きなものを」

言われ、西村はウエーターにおなじものを頼んだ。

吉野は姿勢を変えなかった。

「サングラスはトレードマークなのか」

「はずせと」

「かまわん。ハードボイルド刑事……定番の煙草は喫わないようだが」

「爪と歯が汚れる」

最大の理由はスーツが脂臭くなるからだ。

「群れるのがいや……拒む理由はそれだけか」

吉野の声音が強くなった。

「ええ」

「では、決まりだ。君にはひとりで動いてもらう」

西村は吉野を見つめた。とやかく言うのは億劫《おっくう》だ。

吉野も見つめ返した。その目つきも記憶の官僚らとは異質だった。

「ことわれないよ」

「拒めばクビですか」

「そうする材料はそろっている。が、わたしはそうしたくない」

ウェーターがグラスを運んできた。

西村はそれを手にした。

「どうして、俺なんかに」

「ほかにいない」

「俺のデータは読んだ上ということで」

「もちろんだ。君は大原組の組長と深い仲にある。当然、大原の古巣である金竜会の内部事情にもあかるい。金竜会や大原組と敵対する組織のことも。麻布署が誠和会や東仁会の犯罪事案を手がけたときは、君が裏で画策したとのうわさもある」

「……」

西村は口を結んだ。肯定してもどうということはない。が、それを理由に指名されるのは合点がいかなかった。自分がやったことは大なり小なり、マル暴担当の多くの刑事がやっていることだ。

「それはともかく」吉野が言った。「仲間を売るやつなんて、ざらにいない」

「知ったふうなことを言わんでくれませんか」

角のある声になった。

吉野は意に介すふうもない。姿勢はそのままだ。

「理由を聞こう」

「仲間を売った野郎を売った」

「片手おちというわけか。箱崎は左遷、君の部下はクビ……それしきの理由か」

「充分だ」

怒気がまじった。

「信じられないね。あの当時、金竜会と東仁会は覚醒剤のしのぎをめぐってトラブルが絶えなかったとの報告もある」

「そんなものは日常茶飯事……しのぎでもめても、暴力団は決着のつけどころがわかっている。とことんやれば警察の餌食になり、共倒れになる」

「いいね」吉野がにんまりした。「そんな生臭い話を聞くだけでも役に立つ」

「それなら、俺よりも適任の男がいる」

箱崎とのやりとりを思いだした。

——参事官に会えばわかる——

——あんたは会ったのか——

西村の問いに箱崎は答えなかった。

「箱崎にも声をかけたとか」

「本人がそう言ったのか」

「さあ」

「もう一度、売ったらどうだ」

「なにっ」

声がひきつった。吉野を睨みつける。

吉野が肘掛から腕をはずした。

「君が持っている情報のすべてがほしい」

「ばかな。スパイにはならん」

かろうじてあった礼儀も捨てた。にわかに血が滾《たぎ》りだした。

「命が惜しいか」

「あたりまえだ。俺ひとりじゃない。何人もがあぶない目に遭う」

「一匹狼《いっぴきおおかみ》に仲間は要らんだろう」

「ん」眉根が寄った。「あんた、なにを企《たくら》んでる」

「職務の妨げになるものは取り除く。例外はない。暴力団壊滅を声高に謳っても、警察は成果を挙げられなかった。捜査の障害になるものが多すぎたからだ。その最たるものは情報漏洩……暴力団と警察官の癒着だ。それを根絶する。身勝手な秩序を破壊する」

吉野がまくし立てた。

「あんたは現場がわかってない。皆、職務のためにそうしている」

「君も」

「俺のことはどうでもいい。言訳も己の行為も正当化するつもりはない」

「わたしに協力すれば、大義名分ができる」

「くだらん」

西村は吐き捨てるように言い、グラスをあおった。

「意固地になるな」吉野が言う。「むり難題を押しつけているのではない。警察官として、法の番人として、あるべき姿を取り戻すチャンスではないか」

「ふん。切れ者と評判らしいが、しょせん官僚……話にならん」

西村は肘掛に両手をあてた。長居は無用だ。

「待ちなさい」吉野が語気を強めた。顔を近づける。「わたしの指示に従う……君が警察官として生き延びる道はそれしかない」

「えらそうに。官僚の指図は受けん」

「強がりはよせ」

「なにっ」

「奥さんのことも考えろ」

「………」

「カルテを見た。むずかしい手術が成功しても、体調がすぐれない。気苦労が絶えないのだろう。安心させてあげてはどうだ」

「きさま」腰がうき、腕が伸びた。吉野の胸倉をつかむ。「五体満足でいたいなら、二度と女房のことは口にするな」

吉野は動じなかった。

「放しなさい。君にわたしは殴れない。猶予は十日間。受けるか受けないかの返答ではない。わたしがよろこぶ情報を届けなさい」

口ぶりには余裕があった。

西村は口元をゆがめた。吉野を突き放し、突進するようにドア口へむかった。

★　★

となりで咽《のど》の鳴る音がした。

正面のステージではブロンドヘアの女が肢体をくねらせている。サウンドが響き、赤い光線がポールダンサーを舐《な》めまわす。ダンサーが挑発するようなまなざしをむけるたび、ステージの間近にあるカウンター席からは甲高い声や口笛が飛んだ。

福西は目を皿にしている。

小栗と福西は後方の席にいる。『カモン』の二回目のショーが始まる前に入った。

「おい」

声をかけたが、福西は気づかない。肘で脇腹を小突いた。

「たまりませんね」

福西の声はうわずっていた。

「あとで風俗に走れ」

「そうします」

臆面もなく言った。

「カウンターの端を見ろ」

「えっ」

こんどは間のぬけた声になった。職務を失念している。ポールダンスショーが始まってから、福西の視線はステージに釘付《くぎづ》けだった。

「あの痩せ男を覚えているか」

　福西がじっと見つめる。光線が客席をより暗くしている。

「覚醒剤《ジャブ》の売人ですね」

　聞き取れないほどの小声だった。普通に喋《しゃべ》っても隣席には届かない。

「米田だ」

「この店の常連でしょうか」

「ダンサーには興味がなさそうだ」

　福西が怪訝《けげん》そうな顔を見せた。

「やつは岸本の動きを目で追ってる。入口も気にしているように見える」

「誰かと待ち合わせた」

「岸本のほうはどう説明する」

「そうですね。自分がそとに連れだして訊《き》きましょうか」

「やめとけ。股を押さえてろ」

小栗は視線をずらした。

店長の岸本は壁際の客席で中年男と話している。小栗が店に入って三十分、あちこちの客席でおなじ光景を見た。どの席でもスマートホンを見ながらの会話だった。

腕の時計を見た。十時十五分になるところだ。

「あっ」福西が声を発した。めだたぬように指をさす。「あの男、城之内じゃないですか。写真の顔とそっくりです」

小栗は入口のほうを見た。

男がレジカウンターの女と話している。ダウンライトの下にいるのでよく見える。黒っぽいズボンに象牙色のジャケットを着ている。

警察データの写真と見比べた。間違いない。『六三企画』の城之内六三だ。

小栗は視線を移した。岸本は客席にいる。カウンター席を見た。米田はグラスを持ったまま入口のほうを見つめていた。城之内と待ち合わせていたのか。

その推測ははずれた。城之内はテーブル席に着いた。レジカウンターの女が動き、岸本の耳元でなにやらささやいた。黒いパンツスーツ。長い髪をうしろで束ねている。

岸本が城之内の席に移った。そこでも岸本はスマートホンを手にした。

小栗は米田に目をやった。おなじ姿勢で、城之内のほうを見ている。

「城之内と岸本は何の話をしているのでしょう」

福西が訊いた。

「そのうちわかる」

そっけなく答えた。

光線の動きが激しくなった。女の肌に汗が光る。客らのボルテージがあがった。

福西に話しかけた。

「風俗はなしだ」

福西が肩をすぼめた。

「城之内が出たら、あとを尾《つ》けろ」

「オグさんは」

「米田を追う」

グラスをあおり、城之内の席を見た。

岸本が笑顔で離れる。代わりに、黒服の女が城之内のとなりに座った。親しそうに見える。この店に接客のホステスはいない。

二人は個人的に縁があるのか。城之内は『カモン』とかかわりがあるのか。

うかぶ疑念を片っ端から追い払う。

ステージからダンサーが消えた。サウンドが変わった。音量もさがり、フロアのあちらこちらから人声が届くようになった。

米田が立ちあがった。レジカウンターのほうへむかう。

「先に出る。城之内が動いたら連絡しろ」

小栗が歩きだす前に、黒服の女が城之内の席を去った。

「どういうことなんでしょう」

福西が言った。

六本木通を渋谷方面へ歩いている。五メートルほど前方に米田の背がある。米田の前方には城之内の後ろ姿が見える。米田は『カモン』を出たあと、近くの路地角に立った。五分ほど経って城之内があらわれると、彼のあとを追った。

小栗は合図を送り、福西と合流したのだった。

「見て、わからんのか」

邪険に言った。愚問だ。

「そうですよね。でも、どうして……」

福西が声を切った。

城之内が西麻布の交差点を右折する。米田の足が速くなった。

遅れて、小栗も右に曲がった。

米田の姿が見えない。目を凝らしたが、城之内も消えた。

福西がきょろきょろし、前方に駆ける。すぐに足が止まった。指を口にあてる。

小栗はゆっくり福西に近づいた。

路地から声がする。

「われ、誰や。なんで尾ける」

小栗は壁に身を寄せ、路地を覗《のぞ》いた。暗いが面相はわかる。米田が建物の壁に押しつけられていた。城之内が米田のシャツの襟をつかみ、ゆさぶる。

米田がうめいた。後頭部を壁にぶつけたのだ。城之内の膝蹴りが鳩尾《みぞおち》を直撃する。米田が身体《からだ》を折り、なにかを吐いた。

「言わんかい。わいに何の用や」

きつい関西弁だ。

「止めましょう」

福西が小声で言った。地面に片膝をついて路地を覗いている。

「ほっておけ。殺しはせんさ」

福西が首をひねる。目が合った。

「よく見ろ。やつらのむこうで、三人連れが見てる」

福西が顔のむきを戻した。

「二人が別れたら、城之内を尾けろ。俺は、米田だ」

福西が頷《うなず》いた。声がないのは緊張のせいか。腕力はからっきしである。

米田が西麻布の交差点で足を止めた。ティッシュを口元にあてている。

先にあらわれた城之内は交差点とは反対方向へむかい、福西があとを追った。

小栗は、米田との距離を詰めた。

「米田じゃないか」

「あっ」米田が目を見開いた。「小栗の旦那、ごぶさたで」

「そのほうがいい。ん」ティッシュを見た。「血か。どうした」

「いや、その……酔っ払いにぶつかり……転んで……」

米田がしどろもどろに答えた。

「ひどいな。顔が腫れてるぞ。ほかは」

両手で米田の身体のあちこちにふれた。

「うっ」

米田が顔をゆがめた。脇腹を痛めたようだ。

「病院に連れて行ってやる」

「ご心配なく。これから行くところがあるので」

米田が車道に出て、手を挙げた。逃げたいのだ。さらなる不幸をおそれたか。

小栗はタクシーを見送った。ある疑念がそうさせた。

麻布署の前を過ぎて六本木に戻り、外苑東通の路地に入った。雑居ビルのエレベーターで五階にあがり、『花摘』の扉を開ける。

歌声はなかった。話し声も聞こえない。ひとりの客もいなかった。

小栗は、カウンターのいつもの席に腰をおろした。

ママの詩織がおしぼりを差しだした。

「よかった」

「はあ」

「ゆっくり話ができる」

「何年も話したじゃないか」

ぶっきらぼうに言い、煙草をくわえた。

詩織が水割りをつくる。

「女たちは」

「帰った。お客さんと一緒に。さっきまで団体さんがいたの」

十二時になるところだ。アルバイトの女らは十一時半に退店する。残業するときは手当とタクシー代を渡すという。

「石井に買収されるぞ」

「そのほうが楽かも」詩織の目が細くなった。

「つぶれる心配はないし」

「俺も雇ってもらう」

「ほんと」目が光った。「共働きね」

小栗は頬杖をつき、グラスを傾けた。

詩織が包丁を持った。ボウルからトマトを取り、皮を剝《む》く。スライスし、白磁の皿にならべた。オリーブ油を垂らし、みじん切りのパセリをふりかける。

「お客さんにいただいたの。無農薬……こくがあって、おいしいよ」

小栗はフォークで刺した。子どものころに食べたトマトの味に似ていた。母は、自宅の庭でトマトやキュウリ、ナスを栽培していた。

「食べたら飲みに行こうよ」

「フクから連絡が入る」

「そう」

詩織の声が沈んだ。が、すぐにあかるさを取り戻した。「それまで歌ってあげる」

「ああ」

イントロが流れだした。何十回も聞いた。岩崎宏美の『聖母たちのララバイ』。詩織の母親がよく歌っていたという。マイクを両手で握り、ささやくように歌いだした。

煙草《タバコ》をふかし、ときおり詩織を見る。歌詞は耳に入らない。何曲目になるのか。詩織が内藤やす子の『六本木ラバイ』を歌っているさなかに扉が開き、福西が入って来た。十分ほど前にメールが届き、居場所を教えたのだった。

詩織がマイクを置いた。

水割りを飲んで、福西が口をひらいた。

「あのあと、城之内はフィンガーとキャッツアイという店に入りました。どちらも三十分といなくて、タクシーで恵比寿のマンションに帰りました」

「おまえも店に入ったのか」

「フィンガーのほうだけ。自分はカウンターに座ったけれど、客席の城之内に見られているような気がして、キャッツアイはそとで見張りました」

「びびったか」

「すごい迫力でしたからね」

小栗は頷いた。たしかに城之内は喧嘩《けんか》慣れしていた。小柄の細身とはいえ、米田も裏稼業の人間である。が、一撃で打ちひしがれた。

「それがなくても、キャッツアイには入らなくて正解だ」

「なぜですか」

「料金が高い。おまけに、雰囲気が悪い」

「行ったことがあるのですか」

「石井に連れて行かれた。プロ野球選手が三人……クラブのホステスとシャンパンを何本も空けて、ばか騒ぎをしていた」

「そういうのを見たい人もいるでしょう」

「くだらん」煙草をふかした。「フィンガーでの様子は」

「店の男が席に着き、二人で話していました」

小栗は『カモン』の光景を思いうかべた。

「どちらか、スマホを見てなかったか」

「見ていました。店の男がスマホを手にして」

詩織がトマトのスライスを福西の前に置く。福西がフォークを持った。

小栗は視線をそらした。

ただの遊びではなさそうだ。ナイトクラブの『フィンガー』と『キャッツアイ』は一人遊びにむいていない。『カモン』でも『フィンガー』でもスマートホンを見ながらの会話というのが気になる。推測や予断は好まなくても、否応なく野球賭博を連想する。

城之内も野球賭博にかかわっているのか。

その推測に石井の言葉がかさなった。

――やつに誘われた……九十万、儲けた――

——客席で三十負けた、五十勝ったとほざいているが——

しかし、野球賭博の話をするために酒場を梯子《はしご》するのは不自然なように思う。わざわざ相手の職場にでかけなくても、メールやラインのやりとりで済むことだ。

胴元か。ひらめいた。酒場の従業員は城之内の客なのか。胴元ならつき合いで店に通うこともある。何もしないで客が増えるほどあまい稼業ではない。

推測がひろがる。岸本らは客の票をまとめて、城之内に流している。スマートホンを見ていたのは精算の確認のためか。

「オグさん」

福西の声に、小栗は視線を戻した。

「どうして米田は城之内のあとを尾けたんでしょうね」

「それよりも、やつがカモンにいたことのほうが気になる」

福西が目をまるくした。

「米田は城之内がカモンにあらわれるのを知っていた」

「あるいは予測したか」

福西が椅子にもたれて腕を組む。目が熱を帯びてきた。

小栗は水割りと煙草で間を空けた。福西の気質はわかっている。好奇心がめばえれば疑念と推測が留処《とめど》なくひろがる。

ややあって、福西が姿勢を戻した。

「米田の目的は……まさか、商売敵ということはないでしょうね」

「わからんぞ」

適当に答えた。自分の推測は話さない。福西の好奇心につき合うのは疲れる。

「米田に事情聴取をかけましょう」

「ばかを言うな」

強い声になった。二言目には事情聴取を口にする。

福西の頬がふくらんだ。

小栗は言葉をたした。

「的は岸本。その先にあるのは麻雀賭博だ」

「わかっています。でも、城之内は岸本の周辺にいる人物です。その城之内が売人の米田を暴行した。捜査の突破口になります」

口調まで熱くなった。

引きずり込まれるのはうっとうしい。

「米田と話した」

「ええっ」目がさらにおおきくなる。「職務質問《シヨクシツ》を……」

「おまえじゃない。ばったり会ったふりをした。顔が腫れ、くちびるが切れていた。理由を訊いたら、転んだと」

「それだけですか」

「ああ」

「どうして城之内のことを訊かなかったのですか」

「正直に喋ると思うか」

福西が首をすくめた。癖になっている。

「やつは末端の売人だが口は堅い。で、パクられても商売を続けられている」煙草をふかした。「ほかにも気になることがある」

「何ですか」

「署内に城之内のデータを見たやつがいる」

「誰です」

「四係の西村だ」

福西がのけぞった。目をしばたたく。

「やつを知ってるのか」

「面識はないです」声音が弱くなった。「凶暴な人だとか」

「うわさだ」

「オグさんは面識があるのですか」

「何度か話した。悪い印象はない」

「それは、似た者……」

福西が手のひらで口を押さえた。

詩織がクスッと笑った。

気にしない。他人にどう思われようとかまわない。

「どうする。米田と城之内を追うのか」

福西がぶるぶると頭をふった。

「残念ですが、諦めます。西村さんの邪魔はできません」

「……」

声がでなかった。いつのまにか、福西は逃げ口上も達者になった。

「自分は、岸本に専念します」

「しなくていい」

「はあ」

福西の表情がころころ変わる。

「あさっての金曜から三日間、うちの課長に張りつけ」

明日は祝日だ。内林は出勤しないかもしれない。

「本気で言ってるのですか」

福西が口をとがらせた。

「簡単じゃないか。デスクワークをして、課長がでかけたらあとを尾ける」

「ばれたらクビです」

「おまえならやれる」澄まして言う。「しくじったら俺の指示だと言え」

「そんなこと……言えるわけがないでしょう」

また声音が弱くなった。吐いた言葉に自信がないのだ。

小栗は視線をおとし、グラスを手にした。

それを待っていたかのように、詩音が口をひらいた。

「フクちゃん、飲みに行こうよ。フクちゃんの歌、聞きたい」

「行きましょう」福西の声が元気になった。「こうなればやけくそです」

「そうよ。オグちゃんもやけくそになればいいのに」

詩織の瞳が端に寄る。

俺もなりたい。そうは言えない。つまらぬことには理性が働く。

頬杖をはずし、ゆっくり首をまわした。

翌々日の朝、小栗は麻布署裏のカフェテラスで近藤と待ち合わせた。自宅を出る前に小栗のほうから電話をかけた。近藤は先に来て、モーニングセットを食べていた。胃が痛いと愚痴をこぼすくせによく食べる。

小栗はコーヒーを注文し、煙草に火をつけた。

近藤がテーブルの用紙を指さした。

「売人の米田がどうした」

「城之内を尾行していました」

「どういうことだ」

「それを知りたくて頼んだのです」

先刻の電話で、米田に関する資料を集めるよう依頼した。

近藤が煙草をくわえる。

小栗は資料を手に取った。

犯歴と捜査報告書の抜粋が記してある。

麻薬取締法違反で二度、逮捕・起訴されていた。最初は懲役二年半に四年の執行猶予、二度目は執行猶予が切れた翌年におなじ罪状で懲役二年、三年の執行猶予だった。

首が傾いた。これはおかしい。執行猶予が切れていたとはいえ、二度目は累犯で実刑をくらうはずだ。それなのに、二度目のほうの量刑が軽いのは解せない。

「変だよな」

近藤の声がして、小栗は顔をあげた。

「取引したんだ」近藤が言う。「報告書には捜査に協力的で、情状酌量の余地があると記してあったが、取引以外は考えられない」

　小栗は頷いた。

　近藤が話を続ける。

「二度目の起訴から三か月後、七キロの覚醒剤が押収された。所持していたのは東仁会の幹部で、捜査担当者は西村だった」

　小栗は資料を見た。六年前の事案だ。

　視線を戻すと、近藤はうかない顔になっていた。

「米田は西村の犬だな。西村は城之内のデータを見ている。米田を使い、城之内を監視しているとしか思えん」

　小栗はコーヒーで間を空けた。異論はない。が、頭の中は混乱しかけている。

　近藤が話しかけた。

「西村が城之内を的にかけたとして、罪状は何だ」

「知るわけないでしょう」

「そんな言い方があるか。こっちの事案と被《かぶ》っていれば面倒になるんだぞ」

「そのときは、係長が四係に談判してください」

「……」

近藤があんぐりとし、立て続けに煙草をふかした。

小栗は顔を近づけた。近藤をやる気にさせるには考える時間を与えないことだ。

「城之内は野球賭博にかかわっている疑いがあります」

「ほんとうか」

「ええ。カモンでもキャッツアイでも、城之内は客席でスマホを見ながら店の者と話していました。頭にうかんだのはハンデ表と客の賭け金。カモンの岸本は店の客を野球賭博に誘っているとの情報があります」

「城之内は胴元、もしくはその関係者か」

「西村はその容疑で城之内を狙っているかも」

近藤がふうっと息をついた。

小栗は畳みかける。

「どうします。野球賭博も視野に入れますか」

「待て。そう急《せ》かせるな」

「一石二鳥ではなかったのですか」

「西村ともめるのは……」

面倒を避けたがる声音だった。

「それなら、麻雀賭博の件は諦めてください。岸本を引っ張るとすれば、野球賭博の容疑です。身元の割れたほかの客は引っ張るだけのネタがない」

「おまえ」近藤が前かがみになる。「上司を威すのか」

「何でもします。途中で梯子をはずされるのはごめんです」

「そうしたことがあるか」目がとがった。「よし。吉田を挙げろ。それが条件だ」

「わかりました」煙草をふかした。「岸本のケータイはどうでした」

石井に教わった電話番号の通話記録を調べるよう頼んでいた。

近藤がポケットから三つ折りの資料を取りだした。

「ケータイの所有者は別人だった。まあ、当然だが」

犯罪者は自分名義の携帯電話を使わない。〈飛ばしケータイ〉か〈レンタルケータイ〉、あるいは、他人名義の携帯電話を使用するか。年金暮らしや生活保護を受けている老人に声をかけ、名義ごと購入する。いずれの場合も短期間の利用なので、犯罪者がその携帯電話を使用していたと証明できなければ、証拠品にはならない。

覚醒剤や賭博で逮捕されるプロ野球選手や力士らは罪の意識が希薄なのか、まぬけなのか。そのどちらかだ。

「メールに野球賭博を示すやりとりはなかった」

それは期待していなかった。野球賭博にかかわる者は複数の携帯電話を使い分ける。ハンデ表や賭け金を示すメールは専用のそれを使っているはずである。

小栗は発着信履歴を見た。

相手の携帯電話の所有者の欄に石井聡の名前はない。城之内の名前もない。石井は教えられた電話番号にかけなかった。城之内はその番号を知らないか、自分名義ではない携帯電話を使っているかのどちらかだ。

そう推察し、資料をセカンドバッグに収めた。

近藤が口をひらいた。

「参事官の指示はどうする」

指示ではなく、二人の写真を渡された。が、どうでもいい。

「きょうから福西が内林課長に張りつきます」

「大丈夫か」

「俺がやるよりはリスクがすくない」

「それはそうだが……どうしておまえが動けば厄介事が増えるんだ」

近藤がため息をつき、肩をおとした。

小栗はそっぽをむいた。近藤のわざとらしい仕種《しぐさ》も見飽きた。

――尾行開始。車で移動中――

福西からメールが届いた。まもなく午後六時四十五分になる。

小栗は芋洗坂を歩いていた。返信は送らなかった。路地に入り、細長い雑居ビルのエレベーターで三階にあがる。

まだつぶれないのか。

バー『山路』の扉を見るたびそう思う。年に一、二度、店を訪ねる。保安事案の情報収集の名目だから三十分と居たことがなかった。

薄暗い店内にジャズが流れていた。

カウンターに座る男が顔をむけた。マスターの山路だ。白ワイシャツに蝶《ちょう》ネクタイ。たるんだ顎に無精髭が伸びているけれど、身形は整っている。開店の準備は済ませたか。手元のスマートホンが発光している。

「おひさしぶりです」

気さくに声をかけ、小栗はカウンターの端に腰をおろした。

「なにしに来やがった」

言って、山路はカウンターの中に入り、ビール瓶の栓を抜く。

小栗は、グラスで受けながら話しかけた。

「儲かってますか」

「赤字になる商売はせん」

「けっこうなことで」

さらりと返し、小栗はビールを飲んだ。うまい。繊細な泡だ。この店では小瓶を氷水で冷やしている。

「あっちのほうです」スマートホンを指さした。「プロ野球を見ていたんでしょう」

「おまえもか」

「どういう意味です」

「独り言よ」

山路がひと息にグラスを空け、ビールを注ぐ。

「もう一本ぬくぞ」

「どうぞ」

小栗は頬杖をつき、煙草をふかした。

「なにが知りたい」山路が言う。「野球賭博をレクチャーしてほしいのか」

「カモンの店長のことを」

「ん」山路の眉がはねた。「おまえの的か」

「ええ。本線ではないが」

正直に言った。

山路を相手に駆け引きはしない。気質はわかっている。麻布署に赴任して最初の事案で山路の世話になった。マンションカジノを摘発できたのは山路のおかげだった。その当時から乱暴なもの言いで、振舞は不遜だったけれど、まっすぐむかってくる相手には情味をかけた。それがなければ恩義も忘れ、縁は切れていた。

山路も煙草をくわえ、紫煙を吐いた。

小栗は言葉をたした。

「俺の的はマンション麻雀……岸本はそこの客です。岸本のケータイの通話記録に山路さんの名前を見つけました」

「通話だけか」

さぐるようなもの言いだった。

「ええ」石井に教えられた電話番号を言った。「覚えがありますか」

「ある。やつは下請けだ。客として遊んでいるうちに焦げついたんだな。で、自分の店の客を胴元に斡旋《あっせん》しはじめた」

「はぶりがよさそうですね」

「そこまでは知らん」

「山路さんも岸本経由で賭けているのですか」

「岸本はハンデ表を送ってくるだけだ。もちろん別のケータイで。俺が紹介した客のことで話があって、やつに電話した」

小栗は頷いた。

それで合点が行く。山路と岸本の通話はひと月前の二日間に集中していた。

「岸本の上はどこの誰です」

「言うと思うか」

想定内の台詞《せりふ》だった。

「岸本に疵《きず》はありませんか」

この店にくる道すがら考えた。できることなら組織犯罪対策課ともめたくない。西村が厄介な男なのはわかっている。

「やつを引っ張るのか」

「ええ。そのあと、マンションに家宅捜索《ガサ》を入れる予定です」

「わかった。疵が見つかれば連絡する」

「通話記録は捜査資料からはずします」

山路の胸の内は読めた。野球賭博とは関係ない事案をさがすのだ。岸本の身柄を引けるのであれば、どんな事案でもかまわない。近藤も胸をなでおろす。

山路が煙草を灰皿につぶした。

「用が済んだら帰れ」

「ボトルを一本、安物で」

「ほう」山路がにやりとした。「これからが本筋か」

「そういうわけでは……けど、ちょっとややこしい話でして」

山路が首飾りに〈小栗〉と書き、ワイルドターキー8年のボトルにかけた。

「飲むのか」

小栗は首をふった。

「ビールをもう一本」

山路が小栗のグラスにビールを注いだ。

「なんだ、言ってみろ」

「うちの課長、内林のことです」

山路の眼光が鋭くなった。

むりもない。山路を依願退職に追い込んだ張本人とも言われている。

人伝《ひとづて》ながらその背景は聞いていた。

山路の部下が惚《ほ》れたのは金竜会幹部の女だった。その幹部は部下に暴行を加え、山路に接触した。それを画策したのが内林だという。人情派の山路なら部下を助けるためにやくざの要求をのむとの読みが働いたか。警察情報の提供で落着したあと、内林は警務に事の一部始終をささやいた。

それがうわさの概要である。山路の部下は生活安全課の内林が金竜会とつながっていることに不快感を抱いていたとも聞いた。

「内林はいまも金竜会にべったりですか」

「金竜会じゃねえ。郡司だ」ののしるように言う。「あの野郎、俺が郡司とつながっているのがめざわりだったんだ。で、俺を嵌めやがった」

「郡司は知らなかったのですか」

「どうかな。郡司は自分さえよけりゃいいからな。ところで」山路が顔を近づけた。「なんでおまえが内林を狙う」

「勘弁してください。本意でないのは事実です」

山路が姿勢を戻し、煙草をくわえる。

小栗は質問を続けた。

「四係の箱崎は東仁会ですね」

「ん」山路が目をまるくした。「箱崎もか」

小栗は目で頷いた。

「つき合う相手が反目なのに、内林と箱崎は仲がいいとか」

「あいつらに筋目もへったくれもない。やくざ社会とおなじよ。利害のためなら百年来の敵とも手を組む。内林は金竜会若頭補佐の郡司、箱崎は東仁会若頭の長谷川。二人とも二つの組織を上手《うま》く利用しながら、あまい汁を吸ってやがる」

「郡司も長谷川もそれを承知の上で」

「もちろんだ。やつらにしても麻布署幹部は利用価値がある。ついでに言うと、郡司と長谷川は急接近しているそうだ」

「共通の敵……大原組のせいですね」

「ああ。大原組を東京の拠点にする。それが生田連合本部の絵図らしい。で、何としても叩《たた》きつぶしたい」

「つぶせますか」

山路が首をかしげ、顎鬚をさすった。

「山路さんの読みは」

「資金力では郡司が上だな。あいつはカネになるなら何でもやる。経済やくざの大原もカネには余裕がありそうだが、分裂騒動で米櫃《こめびつ》を減らした。とはいっても、関東の同業に人望がある。それを活かせれば郡司らに対抗できるかもしれん」

「麻布署のマル暴はどう動きますか」

「知るか」

「大原には西村が……」

「帰れ」

山路が声を荒らげた。

小栗は財布から三万円をぬき、カウンターに置いた。

潮時だ。山路と西村の縁は続いている。それは確信した。が、縁の濃淡はわからない。山路を怒らせれば筋目もあやうくなる。

カウンターに一万円が残った。

「定価だ。余分なカネはいらん。重荷になる」

小栗は一万円札をポケットに収め、腰をあげた。

山路が領収書を書いた。

「岸本の件は来週にでも連絡する」

「ありがとうございます」

言って、小栗は店を出た。

エレベーターを降りたところで携帯電話がふるえた。ショートメールだ。

――単身、飯倉のステーキハウス。同席者不明――

福西の文言は短い。それは小栗もおなじだ。また、ふるえた。今度は電話だった。

《めしは食ったか》

石井の声はあかるく感じた。

「つき合ってやる」

《頼む》

石井は場所と店名を言い、通話を切った。

赤坂一ツ木通にある小料理屋に入った。

魚を煮付けるにおいに腹が鳴った。カウンターが七席、四人掛けのテーブル席が二つある。

石井はカウンターの三席が空いていた。

石井はカウンターを素通りし、奥へむかった。靴を脱ぎ、座敷にあがる。四畳半。床の間も飾り物もない。座椅子もなかった。客席ではなさそうだ。

石井が上着を脱ぎ、自分でハンガーラックにかける。

小栗はジャケットを着たまま石井の正面に座した。

「いらっしゃいませ」

着物の女があらわれた。四十歳前後か。うなじの解《ほつ》れ髪が艶っぽい。紺絣《こんがすり》の襟元を詰めている。石井に女将《おかみ》だと紹介された。

先付けは三品。鱧《はも》の煮凝《にこご》りは美味《うま》かった。そろそろ鱧の季節はおわる。土瓶蒸しの具材となるのが最後か。

「どうだ」石井がガラス製の徳利を差しだした。「順調か」

「これからだ」盃を飲み干した。「気にしてくれてるのか」

「汚い顔を見ちまったからな」

「迷惑はかけん」

「そういうことじゃない。箱崎は一筋縄ではいかん。おまえの事案にやつが絡んでいるのなら気をつけろ」

「それはないと思う」ためらいは捨てた。「が、別件で箱崎の身辺を調べている。Ｂａｒで一緒だった男とセットだ」

「内林か」

「知ってたのか」

「生活安全課のくせに、やくざとの腐れ縁はマル暴の刑事も真っ青だろう」

「あんたとの縁は」

「あるわけがない」

石井が不快そうに言い、盃をあおった。

小栗は箸を動かした。ウニは磯の香りがした。やさしい味だ。淡路島産だという。鯛の刺身はやわらかい。ひと晩寝かせたか。白身魚はそのほうが口に合う。食にうるさいわけではないけれど、和歌山の海辺に育ち、母の手料理の味を舌が覚えている。そのせいか、魚の食べ方にはこだわりがある。

焼き物はグジの汐焼《しおや》きだった。関東ではアマダイという。

酸橘《すだち》を絞りおとした。食べながら石井の胸中を思った。箱崎を気にしているのは見え見えなのに、話がそっちにむかない。自分に遠慮しているのか。

石井が顔をあげた。シャツの胸ポケットに指を入れる。

小栗は、メモ用紙を受け取った。

携帯電話のメールアドレスが書いてある。

「十万円、負けた」

石井があかるく言った。

意味はわかった。野球賭博をやったのだ。メモ用紙には岸本のメールアドレスが書いてある。ハンデ表と掛け金のやりとりに使ったのだ。

「すまん」

「やめろ。この前から謝りすぎだ。らしくもないことはするな」

小栗は口を結んだ。また詫《わ》びのひと言がでそうになった。

「おまけに教えてやる」石井が言う。「こいつを調べてみろ」

小栗は目を見開いた。

手渡された名刺には〈六三企画　代表　城之内六三〉とある。

「そいつを知ってるのか」

石井が訊いた。

「岸本が六三企画に入るのを見た。あんたはどうして」

「カモンで岸本に紹介された。イベント屋だと……何のイベントだか。下手にはでていたが、関西弁まるだしで、とてもじゃないが堅気には見えなかった」

「調べたのか」

石井が首をふった。

「いまのところ、俺の敵でも害虫でもない」

小栗は真に受けなかった。雰囲気ともの言いでなんとなくわかる。

己の勘を確かめたくなった。

「わかり次第、連絡する」

「ああ」

石井がそっけなく返した。

それで確信した。石井にとって城之内は気になる存在なのだ。おそらく石井は、城之内の話をするために電話をよこした。が、推測はそこまでだ。本音はどうであれ、貴重な情報をもらった。そのうえ、美味い料理を馳走《ちそう》になっている。

城之内の情報には複雑な思いだ。西村との衝突は回避する。その意思をもって『山路』に足を運んだ。しかし、石井の胸中を察すればむげには扱えない。

小栗は酒を飲んで、煙草を喫《す》いつけた。

石井が口をひらく。

「俺の勘では、城之内は野球賭博にかかわっている。それも胴元か、胴元に近い。勘の根拠はあるが、あとは自分で調べろ」

「あんたが動けばややこしくなるのか」

「たぶんな。俺にも多少の義理やしがらみはある」

石井が億劫《おつくう》そうに言った。

女将が来て、土瓶蒸しを座卓に置く。

「鯖寿司《さばずし》は召しあがられますか」

「頼む」

石井が答えた。

小栗は煙草を消して箸を持った。

土瓶蒸しを食べるあいだ、室内は静かだった。


六本木鳥居坂をくだり、麻布十番の商店街を横切る。しばらく歩くと、路地角にランプを消した４ＷＤが見えた。

――ＲＭＢの吉田がマンションに入りました――

南島からメールが届いた。石井のなじみのバーで飲んでいたときだ。急用ができたと、店を出た。石井はあとで『花摘』に寄ると言った。が、戻れそうにない。

小栗は４ＷＤの助手席に乗った。

「岡田は」

「マンションの前です」

週末と祝日前は地域課の二人が車で仮眠を取りながら監視することにした。

「吉田のほかに、面の割れたやつはあらわれたか」

「確認できたのは四人です。ひとりには連れがいました」

「客は六人か。二卓動いているかもしれんな」

「数が合いません」

「四人麻雀と三人麻雀……徳永が加わればできる」

言って、小栗は煙草をくわえた。助手席のウィンドーをさげる。

「部屋に女がいるそうです」

ライターを持つ手が止まった。煙草を手に移した。

「誰に聞いた」

「以前に事情を聞いた中華屋の店員です。二時間ほど前、マンションから出てきたときに声をかけて……中華丼と麻婆《マーボー》丼、それに餃子《ギョーザ》を二人前ずつ届けたそうです。玄関にでてきたのは女だったと」

南島が答え、首を傾げた。小栗の反応が気になるのだ。

「店員はその女を初めて見たのか」

「二度目だそうです。前回はそんな話をしなかったのに」口をとがらせる。「前に見たのも金曜だったと……自信なさそうでしたが」

小栗は煙草に火をつけた。怒りたいのは自分のほうだ。南島は重要な証言の報告を後回しにした。ゆっくり煙草をふかす。

「どんな女だ。身なりは」

「チノパンツにタンクトップ……どちらも白っぽかったと」

「顔は。幾つくらいだ」

南島の顔も自信なさそうに見える。

「訊かなかったのか」

「訊きました。でも、首をひねって……丸顔だったとしか」

小栗は腕の時計を見た。午後十時半を過ぎている。中華屋は午後十時閉店と聞いた。店員に話を聞いた時点で連絡があれば対応できていた。

「申し訳ありません」南島の声がちいさくなった。小栗の気配を察したようだ。「自分のミスです。これから中華屋に行ってみます」

「もういい」感情は抑えた。「そのことを岡田に話したか」

「……………」

南島の瞳が固まった。

「さっさと行け。女が出てきたらすぐ電話するよう伝えろ」

南島が車から飛びだした。

小栗は携帯電話を開いた。ショートメールが届いている。福西からだ。

――クラブ・ネネ　同席者不明　路上にやくざ――

返信を送る。

――マルタイが帰宅したら、麻布十番にこい――

南島が戻って来た。

小栗はそとに出た。近くにコンビニエンスストアがある。

歩きながら見あげた。

月明かりの空を帯状の黒雲が流れている。

おおきく息をついた。長い夜になりそうだ。


女がマンションから出てきたのは翌日、土曜の昼過ぎだった。

小栗は、福西を連れて尾行した。

女は仙台坂下停留所からバスに乗った。目黒方面行の乗客は五、六人だった。が、女は同乗した小栗らを気にするふうもなく、スマートホンをさわっていた。終点の目黒停留所で下車し、東急目黒線に乗り換え、洗足駅で降りた。

「眠くないのでしょうか」

福西が耳元でささやいた。前を歩く女とは五メートルと離れていない。

「おまえとは根性が違うようだ」

福西は電車の中で何度もあくびを放っていた。

「すみませんね。根性は家に忘れてきました」

「気にするな。俺は持ったことがない」

冗談を言うのも面倒くさい。

福西が麻布十番に来たのは午前一時過ぎだった。地域課の岡田を帰し、南島は車中で仮眠を取らせた。福西と交替でマンション前に立ったのだが、なまけ癖のついた身体は正直だ。ふくらはぎが張り、腰は重い。降り注ぐ陽射《ひざ》しはうっとうしい。

女がコンビニエンスストアに入った。

家は近いということだ。駅からここまでにも三店のコンビニエンスストアがあった。

「パンとドリンク、菓子を買いました」ウィンドーから覗いていた福西が言う。「家を確認したあと、職務質問をかけるのですね」

「気分次第だ」

投げやりに返した。職務質問は耳に胼胝《たこ》ができるほど聞いた。

女が出てきた。ちらと視線が合ったけれど、女の表情に変化はなかった。住宅街の路地に入り、二階建てアパートのメールボックスを開けた。チラシのようなものをまるめてゴミ箱に投げ入れ、外階段をあがる。

福西がアパートの裏側にまわった。通路越しにドアを見るのだ。

小栗はメールボックスに近づき、上段の左端を見た。〈山口《やまぐち》〉とある。ゴミ箱を覗く。まるめたチラシの端に白い封筒のようなものが見える。それを手にした。〈目黒区洗足二丁目△〇－〇×－201　山口舞佳《まいか》〉とある。ジャケットのポケットに入れた。

福西が戻ってきた。

「二〇一号室です。行きましょう」

「気分がむかん」

小栗は歩きだした。

福西が肩をならべる。

「気分で仕事をしないでください」本気で怒っている。「どうするのです」

「身元を洗う。山口舞佳だ」

「それだけで……犯歴がなければ時間がかかります」

「代官山のブティックからDMが届いていた」

「メールボックスを開けたのですか」

「ゴミ箱を漁《あさ》った」ポケットの封筒を渡した。「おまえの好きな事情聴取をさせてやる。

たぶん、あの女はブティックに歳も職業も教えてる」

「わかりました。まかせてください」

福西の機嫌は直った。


東急目黒駅に着いた。

福西が目をしょぼつかせる。演技ではなさそうだ。

「ひと眠りさせてください」

「ああ。じゃあな」

小栗は背をむけた。

「オグさんは」

「飯を食ってから帰る」

「つき合います」

元気な声が届いた。

そう言うのはわかっていた。言わなければ腕をつかんだ。福西を解放するわけがない。

昨夜の報告を聞いていないのだ。

ファミリーレストランは賑《にぎ》わっていた。それでも喫煙フロアは空きがあった。

壁際の席に座った。小栗のうしろの席は喧《かまびす》しい。女三人が喋りまくっている。それでも窓際の席よりはましだ。陽射しで目が痛くなる。

「何にします」

メニューを見ながら、福西が訊いた。

「ステーキ、ちいさいの。ソースは和風。アイスコーヒーを頼む」

ウェートレスに注文したあと、福西はドリンクを取りに行った。

くわえ煙草で携帯電話の着信履歴を見る。官給品にも私物のほうにもかかっていなかった。そんなものだ。私物のほうにかけてくるのは詩織と石井。存在を忘れかけたころ母親の声を聞く。和歌山県田辺市の実家で一人暮らしだ。

「灰がおちますよ」

声がして、顔をあげた。その拍子に灰がおち、コットンパンツを汚した。

手で払い、アイスコーヒーを飲む。煙草をふかしてから声をかけた。

「飯倉のステーキハウスだが、出てきたときもひとりだったのか」

「いいえ。五十年輩の、スーツを着た男と……二人で迎えに来た車に乗り、六本木ロアビルの近くで降りました」

「見たことのない男か」

「はい。迎えの車は照会しました」福西が手帳を開く。「東光商事が所有しており、社長の朴正明《パクジョンミン》が使っています」

東光商事はアミューズメント会社だ。パーラー東光の店名で、都内に七つのパチンコホールを経営している。

小栗はいささかおどろいた。朴社長は上司の近藤と親しいと聞いていた。が、そんなことは捜査に関係ない。話を先に進めた。

「二人でネネに入ったのか」

「はい。路上に二人のやくざがいて、課長に挨拶をしました」

「見知った顔か」

「ひとりは見覚えが……金竜会の組員です」

小栗は頷いた。

金竜会若頭補佐の郡司はクラブ『ネネ』に通っている。

頭に靄《もや》がかかった。不眠のせいではなさそうだ。

ウェートレスが料理を運んできた。福西の前にはおおきなハンバーグとエビフライ。鉄板の底が見えないくらいの量だ。ライスも大盛りだった。

小栗は、自分のライスにソルトをふりかけた。食欲がないときはそうする。

二人とも無口になった。

ステーキを食べおえ、フォークを置く。温野菜とライスを残した。いつも福西がたいらげてくれる。おかげで罰があたらなくて済んでいる。

水を飲み、煙草に火をつけた。

ほどなく福西も手を自由にした。アイスコーヒーを飲んでから顔をむける。

「内林はほうっておいていいのですか」

「やる気満々だな」

「三日間の監視と言われたので」

「きょうの居場所はわかっている」

「どこです」

「千葉のゴルフ場。飲食店組合のコンペに招待された。うちの係長も一緒だ」

「では、あすの朝から自宅に張りつきます」

「あまい」一喝した。「係長から連絡があれば出動しろ」

倒れるように、福西がソファにもたれた。

「麻布署までタクシーで送ってやる」

「ほんとうですか」福西が姿勢を戻した。「助かります」

「仮眠を取る前に、朴のデータを取り、写真で確認しろ」

「……」

福西が口を半開きにした。

「顔は覚えているだろう」

「自信がありません」

「電車で帰れ」

小栗は煙草を灰皿につぶし、腰をあげた。

「写真を見れば思いだすかも……」

なさけない声は背で聞いた。

★

★

書店を出て階段をあがり、二階の喫茶店に入った。禁煙フロアに上司の青木課長がいないのを確認し、喫煙フロアのほうを覗いた。

窓際の席に青木がいた。煙草をふかしている。

紺色のスーツに芥子色のネクタイ。頭髪は七三に分けている。五十三歳。警察官僚ではないけれど、それらしく見える。

家での朝食中に電話で呼びだされた。自宅から六本木まで私鉄と地下鉄を乗り継いで約四十分かかる。早く着いたので六本木駅の上にある書店で時間をつぶした。

西村は、青木の正面に座った。

「なにかありましたか」

訊いたあと、ウェートレスにコーヒーを頼んだ。

「心あたりはないのかね」

もの言いはおだやかだ。表情もやわらかい。

「さっぱり」

さりげなく返した。あっても言わない。用があるのは青木のほうなのだ。

「けさ、吉野参事官から連絡があった」煙草で間を空ける。「ことわったそうだね」

「泣きが入ったのですか」

「それはない。うわさでは勝気な人らしい」

「そのようです」

「なぜ、ことわった」

「気に入らんからです。理由を聞かなかったのですか」

「聞いてもむださ。西村を説得しろと……命令には逆らえない」

「いまもむだなことをしてる」

青木が目を白黒させた。

コーヒーが来た。

西村はそれを飲んでから口をひらいた。

「どういう仲ですか」

「えっ」

「ＤａＤａで一緒に遊んだとか」

神俠会若頭補佐の五島が上京したさいの行動は把握している。マル暴部署は縄張り意識が強いけれど、余所者《よそもの》に対しては情報を共有する。

「警護だよ。視察をしたいと言われたのでお伴をした。部下を連れてね」

「そのとき、俺の話がでたのですか」

青木が首をふる。

「あの日の四、五日前だったか、桜田門に呼ばれた。で、いきなり言われた。新設する専従班に西村を参加させると」

「理由は」

「さっきも言っただろう。参加させると断言したんだ。どうしようもない」

西村は椅子に背を預けた。

真に受けなかった。

青木は部下の言動に神経をとがらせる。猜疑心《さいぎしん》が強いのだ。青木が着任した当初、西村はしばしば食事に誘われた。署内のあれこれを訊かれ、不快な思いをした。それでも、職務にも同僚にもさしさわりのない情報を教えてやった。どうして自分に近づいたのか。青木の胸中をさぐりたい気分が勝ったからだ。

そんな青木が吉野の真意に興味を示さないわけがない。

吉野の声が鼓膜によみがえった。

――君が持っている情報のすべてがほしい――

――わたしに協力すれば、大義名分ができる――

青木をゆさぶりたくなった。

「スパイになれと言われた」

青木の目がまるくなる。

西村は畳みかけた。

「それでも命令に従えと」

「ほんとうなのか。とても信じられん」

「参事官に確かめたらどうです」

「できるわけがない」

「ついでに話しますが、もうすこしで参事官を殴るところだった」

青木が口をぱくぱくさせた。が、声にならない。

「もういいでしょう」

西村は腰をうかした。

「待ちなさい」

声を発したあと、青木は肩で息をした。

「スパイ云々《うんぬん》はともかく、すこしは大人になったらどうだ。四十を過ぎて、いつまでも一《いっ》匹狼《ぴきおおかみ》で通せると思うのか」

「ほっといてくれ」

雑なもの言いになった。

――一匹狼に仲間は要らんだろう――

――奥さんのことも考えろ――

青木の声に吉野のそれがかさなった。

なんだ、おまえら。

胸でつぶやいたところにポケットの携帯電話がふるえた。回収業者の佐藤からだ。急用か。単なる報告であればメールをよこす。その場で受けた。

「俺だ」

《たったいま、赤坂のビルに入った》

「尾けたのか」

《やつは自分の車を運転して……こっちはめだつ車だからな。スピーカーは消したが、ひやひやもんだった》

「気づいたようなそぶりはなかったのか」

《そう思う》

西村は手帳をひろげ、ボールペンを手にした。

「住所は」

《待ってくれ》ドアの開閉する音がした。《赤坂三丁目○△－×△……セントラル赤坂第二ビル……三十階はありそうだ》

「やつは車をどこに停めた」

《ビルの地下に入った。駐車場だろう》

「これから行く。おんぼろ車を見えない場所に隠し、ビルの近くで待ってろ」

《早いとこ頼む。仕事が……》

最後まで聞かずに通話を切った。青木を見る。

「でかけます」

「仕事なら仕方ない。が、考え直せ。参事官の意思は……」

「関係ない」声を張った。「煮るなり焼くなり、好きにしろと伝えてください」

青木が口をもぐもぐさせた。

西村はセカンドバッグを手にドアへむかった。

「ここで見張ってろ」

佐藤に言い、西村はオフィスビルの駐車場に入った。出入口の警備室に制服の男がいたが、声はかけられなかった。

右側にエレベーター、そのとなりに非常階段がある。それらの位置を確認し、駐車場を見てまわる。城之内の車は品川ナンバーのレクサスだ。奥の駐車スペースで足を止めた。該当車両が停まっている。壁のプレートを見た。〈上杉《うえすぎ》設計事務所〉とある。

レクサスの車中を覗き、その場を離れた。

佐藤は植え込みの端に腰をかけていた。不機嫌そうだ。

「おい」声で凄《すご》んだ。「日当を払ってるんだ。仕事はきっちりやれ」

首をすくめ、佐藤が立ちあがる。

「きょうは解放してやる」

「腹が減った」

佐藤が言った。動こうとしない。

西村は腕の時計を見た。午前十一時を過ぎている。めばえた迷いは捨てた。城之内の行動よりも、〈上杉設計事務所〉のほうに興味がむいている。

「蕎麦《そば》でいいか」

「それなら」佐藤が路地を指さした。「その先に赤坂砂場がある」

「やくざの垢《あか》はぬけてないようだな」

美味いものを食って、いい女を連れて歩く。やくざが張れる見栄はそんなものだ。

食事を済まして佐藤と別れ、乃木坂通を山王坂下のほうへ歩いた。

すぐに汗がにじんだ。きょうも三十度を超えたか。サングラスをかけていても、白壁に照り返された陽射しで目が痛い。

喫茶店に入った。レモンティーとチーズケーキを頼んだ。ショーケースにならぶケーキを見ると、ついそうしてしまう。待たされそうな予感もある。

二十分ほど過ぎて、男が近づいてきた。肩幅がある。両耳は胼胝で塞がっている。赤坂署組織犯罪対策課の倉重務《くらしげつとむ》。同い年の同期だ。おなじ職場にいたことはないけれど、マル暴事案で情報を交換している。会うのは一年ぶりか。

倉重が上着を脱いで座る。胸筋がたくましい。ウェートレスにカレーライスとアイスコーヒーを頼んだあと、煙草をくわえた。

以前は喫わなかったと記憶している。

西村は自分の耳を指した。

「引退したそうだな」

「左膝の靭帯《じんたい》を断裂した。試合で、むりやり巨漢を背負ってな」

「歳を考えろ」

「そういうおまえはどうなんだ。あいかわらず無茶をしてるんじゃないのか」

「さあな。で、どうだ。わかったか」

「ああ」

倉重が手帳を開いた。紫煙を吐いてから視線を戻す。

「上杉設計事務所は北進建設の系列だ。所長の上杉芳美《よしみ》は北進建設の執行役員で、長く都市開発部門を担当している。表向きは設計事務所になっているが、実態は開発予定地域での交渉をまかされている」

「地上げ屋か」

倉重が首をふる。

「地主、周辺住民、行政に政治家……交渉する相手はいろいろだ」

「おまえの部署も上杉に関心がある」

西村はさぐるように言った。

倉重がにやりとした。

「神戸のフロント……担当の部署はそう睨んでいる」

「神俠会か。それとも生田連合か」

「神俠会幹部の五島に近いのはわかっている。関西圏の建設事業で北進建設は五島を頼っていたそうだが、上杉と五島が親密な仲になったのは東日本大震災がきっかけだといわれている。とくに、福島だな。原発施設に送り込む作業員の確保は北進建設の役割で、上杉が三次四次の下請会社を束ねているといううわさだ。ついでに言うと、震災発生のひと月後に、上杉設計事務所は設立された」

「企業フロントか」

「なんとも言えんな。事務所設立は北進建設本社の意向ということだ。が、本社が上杉と五島の関係を承知の上で……というか、本社と五島組の腐れ縁を隠すために系列の事務所を設立し、上杉を責任者に据えた。業界関係者はそう見ている」

「クズどもが」

西村は吐き捨てるように言った。

ウェートレスがカレーライスを運んできた。

倉重が手帳の一ページを破ってよこし、スプーンを持った。

西村は視線をさげた。

乱雑な文字だ。上杉設計事務所に関することが箇条書きにしてある。

倉重が食べおえるのを待って、西村は写真をテーブルに置いた。

「こいつが城之内だ」

電話で事情を話し、城之内の情報を集めるよう頼んだ。

「知ってる」倉重がこともなげに言う。「名前だけでわかった。担当部署は、城之内が上杉の事務所に入るのを何度も確認していた」

「城之内の素性もわかっているのか」

「ああ。城之内は関西で五島の世話になっていた」

「上杉と五島は福島原発の利権でつながっている」西村は身を乗りだした。「つまり、城之内は五島の身内か」

　城之内はどこの暴力団組織にも属していない。が、身内にはいろいろある。フロントと称する輩《やから》も身内である。かつては企業舎弟と呼ばれていた。改正暴力団対策法がよりきびしくなったことで、暴力団は企業や団体よりもそこに属する個人との縁を深めた。旧来の企業舎弟とは異なる、俗に隠れフロントといわれる連中である。

「そう見ているが、確証はつかんでないようだ」

「担当部署は城之内を監視下に置いているのか」

　倉重が首をふった。

「わかるだろう。おなじ組織犯罪対策課でも担当が異なれば情報はかぎられる」

「上杉は叉木組《またぎぐみ》や国見会《くにみかい》ともつながりがあるのか」

　新宿の叉木組と渋谷の国見会は五島組の二次団体だ。叉木組の組長は五島組東京支部長でもある。神俠会の分裂騒動後、叉木組は関東における神俠会の牙城になるとの状況分析の下に、警視庁は叉木組の動向に神経をとがらせているという。

「そういう情報は聞いてない。つながっているとしても、叉木組や国見会は動けん。警察の監視がきびしいからな」

「それで、見かけはフリーの城之内か」

「担当者によれば、福島原発をふくめて、復興利権は五島組本体が掌握していると……北進建設は汚れ仕事をまかせているんだな」

「城之内は五島の指示で動いている」

「あくまで推測だ」

「先週、五島が上京したさい、五島と城之内は接触したか」

「赤坂署は確認してない。おまえの署のほうがくわしいだろう。五島は神俠会の下部組織の会合に出席したあと、六本木で遊んだそうじゃないか」

西村は頷いた。

そのとおりだ。しかし、くわしい情報は知らない。吉野参事官に同行したのは麻布署生活安全課の青木課長ひとりで、二人の部下が警護についた。部下の報告書を読んだが、五島の行動には一行もふれていなかった。

倉重が口をひらく。

「城之内はおまえの的か」

「いまのところ、個人的な興味にすぎん」

倉重は数すくない情報交換の相手だが、胸の内はさらさない。やくざとマル暴担当の刑事はおなじ沼に生きている。間仕切りの網を潜りぬけ、行き来している。

倉重と別れ、乃木坂通を戻った。

セントラル赤坂第二ビルの駐車場に城之内の車はなかった。

だが、佐藤を解放したことに後悔はない。城之内の車がどこなのか、Nシステムの映像を管理する部署に問い合わせれば数分で特定できる。走行していなくても、最終捕捉の場所はわかる。手続きは必要だが、内偵中の緊急事案と言えばことはたりる。

路上に出て、携帯電話を耳にあてた。

着信音は聞こえるけれど、売人の米田はでない。きのうから何度もかけている。メールは記録に残るので使いたくない。ショートメールを送った。

――すぐ電話をよこせ――

五分ほどして返信が届いた。

――もう勘弁してください――

電話をかけたが、やはりでない。いらいらがつのった。

――どういうことだ。パクるぞ――

今度は無視された。

午後六時、西村は『山路』の扉を開けた。

「なんだ」山路が声を発した。「おまえと待ち合わせか」

カウンター席に生活安全課の小栗が座っている。

「三十分、借りるぜ」

西村は山路に声をかけ、小栗にむかって顎をしゃくった。ベンチシートに座る。

小栗がコーナーをはさんで腰をおろした。口はつぐんだままだった。

山路がウイスキーのボトルとアイスペール、グラスとナッツを運んできた。

「喫茶店にいる。おわったら電話をくれ」

面倒くさそうに言った。

「いてもかまわん」

「ごめんだな。野良犬が二匹……物騒だ。おまえらの話は聞きたくもねえ」

山路が扉にむかう。

西村は、二つのグラスに水割りをつくった。

電話で小栗を呼びだした。米田にショートメールを送ったあとのことだ。

――四係の西村だ。話がある――

——場所と時間を言え——

短いやりとりだった。通話を切ったあと、小栗の胸中を察した。あっさり応じた理由はひとつしか思いつかなかった。

「米田となんの話をした」

「本人に聞かなかったのか」

小栗が煙草をくわえた。

「知っていたのか。俺の情報屋だと」

「米田と話したあと、やつの犯歴を調べた。あんたの手柄も……取引したんだろう」

「どうしてべらべら喋る」

「まわりくどいのは苦手でな。それに、米田は俺の的じゃない」

はっとした。ひらめきが声になる。

「的は城之内か。やつを監視しているさなかに、米田を見た」

「米田がどじを踏まなければ、無視した」

「………」

声がでなかった。

「知らないのか」小栗が顔を近づける。「尾行がばれて、城之内に痛めつけられた」

くそったれ。西村は胸でののしった。

——カモンを出たあとタクシーに乗り……すみません。見失いました——

深夜の電話で米田はそう言い、その直後に生活安全課の小栗とでくわして立ち話をしたとつけ加えた。

遇然だったのか。それがひっかかっていたので小栗に電話したのだった。

「しつけがゆるいぞ」

「なにっ」

「心配するな。ボコボコにされても、あんたの名前は言わなかった。近くに目撃者がいなければ時間の問題だったかもしれんが」

言って、小栗は水割りを飲み、煙草をふかした。

見ているだけで向かっ腹が立つ。くちびるを嚙《か》んだ。ここは我慢だ。小栗に訊きたいことが幾つも増えた。

「おまえは高みの見物か」

「あたりまえだ。監視対象者に顔をさらす刑事《デカ》がどこにいる」

「容疑は何だ」

「あんたのほうは」

「言えん」

小栗が息をつく。指先で煙草をもてあそび、ややあって口をひらいた。

「俺のほうは賭博容疑……カモンの岸本を見張っていて、城之内がうかんだ」

「野球賭博か」

小栗がにんまりとした。

西村は舌を打った。誘導にひっかかった。拳が固まる。が、まだ我慢はきく。

箱崎とのやりとりを思いだした。

――忠告か。どうして。生活安全課のやつに何ができる――

――参事官がやつを指名した。すでに顔を合わせたそうだ――

――……なにをびびってやがる――

――冗談言うな。が、めざわりになりそうな……いやな予感がする――

あのときの箱崎は真顔だった。

西村は話半分に聞いた。身勝手で人づき合いが悪い。怠け者の万年巡査長。クビにならずに済んでいるのは近藤係長のおかげだ。署内のうわさは耳にしていた。職務で立ち話をしたことはあるけれど、うわさをくつがえすような印象はなかった。

――忠告じゃない。警告だ――

いまは警告の意味がわかったような気がする。

煙草をふかしたあと、小栗が言葉をたした。

「俺はマンション麻雀を内偵中だ。カモンの店長の岸本はそこの常連客で、見張っている最中に、やつが六本木にある『六三企画』を訪ねた。そこから先は想像しろ。部署は違っても、やることはおなじだ」

西村は首をまわした。頭の中を整理する時間がほしかった。

それしきのことで城之内に関心を寄せるものなのか。小栗の話がほんとうなら、城之内は捜査事案の枝葉にすぎない。本格捜査に乗りだすために岸本の身柄確保を優先したとしても、城之内を監視対象下に置くだろうか。

答えは否だ。ショーパブ『カモン』の店内で岸本の行動を観察しているとき米田を見かけた。おそらく、米田は小栗の神経にふれるような動きをしていた。

そう結論づければ、あとの展開は目にうかぶ。

「あんた」

小栗の声がして、西村は視線を戻した。

「城之内を挙げるのか」

「どうかな」

曖昧に返した。よけいなことは言えない。つけ入られる。情報屋は使っているが、単独捜査なのだ。城之内に関する報告書は作成していない。上司の箱崎も知らない。小栗がそのことを知れば、自分の立場は弱くなる。

「あんたの邪魔はせんよ」小栗がくだけた口調で言う。「約束はできんが、野球賭博には目をつむってやってもいい」

「本気か。岸本なしでガサ入れまで持ち込めるのか」

「ほかにも手は打ってある」

西村は眉をひそめた。小栗の胸中が読めない。ここにくる前の推測を口にした。

「どうしてあっさり応じた」

「なんのことだ」

「電話で、俺が会いたがる理由を訊かなかった」

「ものぐさなんだ」

「ふざけるな」声を荒らげた。小栗を睨みつける。「おまえ、役者だな。まわりくどいのは苦手だと……どの口が言うんだ」

「これよ」小栗が自分の口を指さした。「あいにく、ひとつしかない」

「きさま」

腰がういた。

小栗は身構えない。眉毛の一本も動かなかった。

「気のまわしすぎだ」小栗が言う。「つまらん連中とつき合っているんだろう」

肩の力をぬいた。舐めたもの言いだが、不快ではなかった。

「そう言うおまえはどうなんだ」

言って、西村はソファにもたれた。

──参事官がやつを指名した。すでに顔を合わせたそうだ──

箱崎が小栗を警戒する理由を知りたくなっている。

「疲れることはせん」

「相手が官僚でもか。ＤａＤａで本庁の吉野と会ったそうだな」

「青木課長が喋ったのか」

「あの人は口が堅い。で、うわさはほんとうか。覚醒剤の専従班に参加するのか」

「わからん。参事官に参加するよう言われたが、どうなることか……専従班の設置まで一週間ほどある。そんな先のことは考えたくもない」

淡々としたもの言いだった。

本音の吐露のように聞こえた。それで気づいた。小栗の口調にも表情にも変化はなかった。小栗のうわさが頭にうかんだ。

あいつを怒らせると手がつけられない。そんなうわさもあった。麻布署内で、警視庁捜査一課の捜査員を殴打し、前歯を折ったという話を耳にしている。

西村は、小栗の感情をゆさぶってみたくなった。

「おまえのところの課長も神経をとがらせている」

「何に」

「おまえを指名した吉野参事官の真意を測りかねていると……うちの箱崎の話だ。ついでに教えてやる。おまえを警戒しろと忠告された」

「くだらん」

ぼそっと言い、小栗がボトルを手にした。

身体が固まった。条件反射のようなものだ。

小栗はグラスにウイスキーを注いだ。氷をおとして、グラスをゆらす。琥珀《こはく》色の液体が半分ほど消えた。グラスを置き、あたらしい煙草に火をつける。

退屈そうに見える動きだった。

西村は指先でサングラスを押しあげた。

「参事官から具体的な指示はあったのか」

「ない。あんたは」

「ん」眉をひそめた。「知ってるのか」

「あんたも召集されたから、俺に話した。小学生でもわかる」紫煙を吐いた。「つまらん話はやめにしないか」

「……………」

つまらぬ話ではない。声になりかけた。

――君が持っている情報のすべてがほしい――

吉野の言葉は頭にこびりついている。

――暴力団と警察官の癒着だ。それを根絶する。身勝手な秩序を破壊する――

本気で実行すれば、麻布署は蜂の巣を突《つつ》いた騒動になる。六本木に銃弾が飛ぶ。麻布署の何人かは血を流すだろう。

「びびってるのか」

小栗が言った。

「ふん。官僚に何ができる」

「ほう」小栗が薄く笑った。「参事官は何をやる気だ」

サングラス越しに目で凄んだ。ものを言うたび、鋭い矢が飛んでくる。

この男、ぬかりがないぞ。頭のどこかで声がした。

手を組まないか。そのひと言は胸に留めた。誰にも言った覚えはない。

小栗がグラスを空け、煙草を灰皿につぶした。

「時間切れだ。営業妨害になる」

「ああ。岸本の身柄を取るときは連絡をくれ」

「わかった」

小栗が腰をあげかけ、動きを止めた。

「ひとつ教えろ。城之内は何者なんだ」

「的じゃないんだろう」

「個人的な興味だ。つまらんことで時間をつぶした。見返りをくれないか」

やさしいもの言いになった。

「ＤａＤａで関西の極道を見たそうだな」

「五島組の組長か」

「城之内は五島の身内……そんな情報がある」

言って、西村は携帯電話を手にした。

「西村だ。すまなかった。戻ってくれ」

山路と話している間に、小栗が姿を消した。

小栗の神妙な顔が印象に残った。


小田急小田原線世田谷代田駅の改札を出た。

駅前に人の姿はちらほらでひっそりとしていた。午後十一時になる。電車も空席がめだち、西村は眠ってしまいそうだった。神経が疲弊している。

住宅街に入った。あと十メートルも歩けば自宅の門に着く。

猫が道を横切る。目が合った。おびえているように見えた。

西村はふり返った。車が近づいてくる。

ヘッドライトが消えている。

首をかしげたときはもう遅かった。車が真横に停まり、人が飛びだした。助手席と後部座席から三人。それぞれが手に長いものを持っていた。

身構えるより早く、突進してきた男の肩がぶつかった。サングラスがはずれた。踏ん張り、受け止める。背中に衝撃が走った。鈍い音に顔がゆがむ。

両腕をかかえられ、空き地に引きずり込まれた。塀のむこうは自宅の庭だ。

三人の男に囲まれる。全員が黒っぽいスエットの上下にスニーカー。目出し帽を被っている。木刀が一本、鉄パイプが二本。視認したのはそこまでだ。

凶器が容赦なくふりおろされる。

西村は身を縮めた。両腕で頭部を覆う。

男たちの荒い息遣いが聞こえる。

音がした。戸が引き開けられるような音だった。

視線をむける余裕はない。声はださなかった。

身体がはねた。ひとりの脚蹴りが西村の脇腹を直撃した。息が詰まった。靴底で頭を踏みつけられる。土を舐めた。

「引き揚げだ」

木刀を持つ男が声を発した。

三人が走る。車に乗り込むや、急発進した。

車両ナンバーは見えなかった。

西村は地面に胡坐《あぐら》をかき、かたわらにおちているセカンドバッグを手にした。ポケットをさぐったが奪われたものはない。携帯電話は無傷だった。

それらを確認するだけでも身体が悲鳴をあげた。肋骨《あばらぼね》にふれる。うめき声が洩《も》れた。肩甲骨のあたりもずきずきする。

はっとして立ちあがった。身体が傾く。左足に力が入らない。空き地から離れた。戸が開いた音が気になっている。周囲を見た。人影はなかった。

大通りに出て、タクシーを拾った。

「六本木。ロアビルの近く」

運転手に言い、携帯電話を手にした。すぐに相手がでた。

「俺だ。きょうは帰れない」

《そう》

不安そうな声だった。

「どうした。具合が悪いのか」

《身体は大丈夫。でも、さっきとなりの空き地のほうから物音がして……うめくような声も……あなた、いまどこにいるの》

「六本木だ」

《無事なのね》

「あたりまえじゃないか」

《よかった》

声が元気になった。

「戸締りをして、早く寝なさい」

《ねえ、映画を観たい》

映画を観て、食事をする。結婚する前のデートはそればかりだった。

「いまの仕事が片づいたら連れて行く」

《ほんと》声がはずむ。《うれしい》

西村は通話を切った。息をつき、ふたたび携帯電話を耳にあてた。


六本木ロアビルの脇道から路地に入る。マンションのエレベーターに乗った。通いなれた部屋だ。チャイムを鳴らす。ドアのむこうに人の気配を感じた。

「こんばんは」

坊主頭が声を張った。大原組事務所に住み込む若衆だ。

西村は、若衆の肩を借りて靴を脱いだ。

応接室に組長の大原雅之はいなかった。深谷の姿もない。隣室のドアを開けた。

深谷が目を見開いた。

「どうしたんです」

「三人組に襲われた」

西村はそっと上着を脱いだ。左腕は持ちあげるのもつらかった。

深谷が寄ってきた。

「痛い箇所は」

「左の二の腕、両方の肩甲骨のあたり」右手を動かした。「ここと、ここ」

右の腰骨と左脇腹を指さした。

深谷がうしろにまわる。

「頭から血がでています」

「踏みつけられた」

言って、中央の座卓に腰をおろした。

「おい、焼酎を持ってこい」

長髪の若者に命じ、深谷はクローゼットの扉を開けた。救急箱を手にする。

「シャツは脱げますか」

「うっとうしい。切り裂いてくれ」

深谷が鋏《はさみ》を持った。出迎えた若衆がズボンを脱がせる。トランクス一枚になった。ガーゼに焼酎をふくませ、深谷が後頭部を丁寧に拭う。

「皮がめくれているけど、大丈夫だと思います」

二の腕と肩甲骨をさわられ、身体が固まった。脇腹は激痛が走った。

「肋骨は折れているかも……病院で診てもらってください」

深谷が脇腹と腰に湿布薬を貼る。救急箱から錠剤を取りだした。

「念のため、のんでください」

「バイアグラか」

「抗生物質と痛み止めです」深谷が頬を弛《ゆる》める。「冗談を聞いて、安心しました」

西村は、座卓にあるグラスを持った。ビールの残りだ。錠剤をのみくだした。

「ご苦労様です」

ドアのむこうから元気な声がした。

大原が顔を覗かせた。

「またマッサージか」

言って、大原が背を見せた。

「とりあえず、これで辛抱してください」

深谷が白いジャージの上下を差しだした。洗剤の香りがした。

隣室に移った。

「男前が台無しだな」大原が言う。「そんな童顔だったか」

大原には電話で話し、すぐに会いたいと伝えた。

オフホワイトのコットンパンツに紺色のポロシャツ、レモンイエローのサマーカーディガンを着ている。家にいたのか。髪はすこし乱れていた。

「ほっとけ」

西村は邪険に返した。

サングラスを探さなかったことを悔いても始まらない。あのときは一時も早くあの場から離れたかった。

「誰にやられた」

「わからん」大原の正面に座る。「相手は三人。家の近くで待ち伏せていた」

「フクロにされたのか」

「たのしそうに言うな」

「いたぶられる者の気持がわかったか」

「あんたには言われたくない。いたぶる側にいるんだ」

大原が手のひらをふった。

「駆けだしのころ、不始末をしでかして親分に折檻《せっかん》された。しのぎでもめて、天城山に運ばれたこともある。そんな経験をしたから、いまの俺があるんだ」

「あ、そう」

つれなく返した。やくざの講釈など聞きたくもない。

「なにを飲まれますか」

深谷が訊いた。

「スコッチをロックで」

痛みはアルコールで麻痺《まひ》させるにかぎる。

若衆がトレイを運んできた。シングルモルトのボウモア18年。大原が好んで飲む。

大原が自分でオンザロックをつくった。

ひと口飲んで、大原が口をひらく。

「なんで呼びつけた」

「わかってるだろう」

言って、グラスを傾けた。冷たいものが食道から胃の腑《ふ》におちる。

「俺のせいとでも言いたいのか」

「どうして城之内の情報をだし惜しんだ」

「確証がなかった」

「城之内は五島の子飼いか」

「そのようだ」大原がさらりと言う。「が、どういう関係なのかわかってない」

「俺に城之内の身辺をさぐるようしむけた理由を言え。たかが野球賭博の胴元で、目くじらを立てるわけがない」

「めざわりだ。ほうっておけば面倒な存在になるかもしれん」

「城之内は鉄砲玉……いずれ五島組本隊が六本木に進出するとの読みか」

「可能性がないとは言い切れん」

きょうの大原は歯切れが悪い。迷っているのか。

大原の胸中をかき乱したくなった。

「金竜会の金子会長は本家の直参だ。若頭補佐といえども六本木には手をだせん」

「金子会長は年内にも引退するとのうわさがある。表向きは高齢による勇退だが、俺が離脱し、生田連合に参加したことの、けじめを取らされるともっぱらのうわさだ」

話しているうち大原の顔に翳《かげ》がさした。

「気にしているのか。あんた、会長には目をかけられていたもんな」

「俺は砂をかけた」グラスをあおった。「しょせんやくざよ」

西村はボトルを持った。空になった大原のグラスに注いでやる。

「その話で、五島は東京に来たのか」

「下部組織の箍《たが》を締めるためだ。が、系列の会合のあと、五島は金子会長と差しの時間を持ったようだ。そこで勇退の話がでたとしてもおかしくない」

「跡目は郡司か。ＤａＤａで三人が一緒だった」

「本家の意向がなくても既定路線だ」大原の声にいら立ちがまじった。「若頭の糖尿病はかなりひどい。本人も跡目には執着していなかった。それなのに郡司の野郎……根回しをして、主だった幹部を取り込んだ。若頭の乾分《こぶん》らも郡司に尻尾をふりだした」

西村は頷いた。

大原から分裂前の内幕話を聞くのは初めてだが、金竜会の内部情勢は分析済みだ。手持ちの情報との齟齬《そご》はない。

大原が紫煙を吐いた。

「ＤａＤａで城之内の名がでたそうだ」

「……」

西村は言葉に迷った。

「城之内をよろしく頼むと……五島本人が言った。郡司は、まかせてくださいと……当然だわな。金竜会の二代目になっても、本家の直参になれるかは別の話だ。で、郡司は跡目相続の儀式で五島が後見人になるのを望んでいる」

「そうなれば、五島は郡司を本家直参に推挙する」

「そういうことだ。五島には最高幹部としての面子《メンツ》がある。それに、神俠会のてっぺんを狙うためにも、五島は自分の味方になる直参を増やしておきたい」

解説されるまでもない。警察組織もおなじ、企業や団体も上層部では似たようなことが日常茶飯事のようにおきているだろう。

ふいに疑念がめばえ、それが声になった。

「DaDaでの話は誰に聞いた」

大原は分裂以前から銀座や赤坂で遊んでいた。企業人や永田町関係者と飲食することが多い。六本木で遊べば麻布署や同業の目が気になると聞いたことがある。

「DaDaにネネ……やくざが出入りする店には親切な人たちがいる」大原が薄く笑い、煙草で間を空けた。「さっきの話の続きだが、郡司は内心おもしろくないだろうな」

「城之内の守りを頼まれたことか」

「ああ。はじめに言った。城之内は鉄砲玉だと。やつが殺されたら……どこかと騒動をおこしても、五島組が飛んでくる」

「それをきっかけにして、五島は六本木に根を張る。そういうことか」

「そうなることを郡司もおそれていると思う。が、五島の頼みはことわれん。後見人の件があるからな」

「悶々《もんもん》としているわけか」

「たぶんな。ところで、城之内のことはどこまで調べた」

西村はとっさに言葉を選んだ。

「ある企業の者と接触している。その企業は五島と深い関係にあると聞いた」

「さすがだ」

大原が感心したように言った。

西村はむっとした。

「俺を試しているのか。そのうえで、城之内を……」

「そうじゃない」大原が語気を強めた。「野球賭博では実刑をくわん」

「郡司とのつながりを証明できれば三、四年は打てる」

「城之内の気性まではわかってないようだな」

「どういう意味だ」

「城之内は夜桜銀次《よざくらぎんじ》に心酔しているそうだ」

身体に夜桜の刺青《いれずみ》を施した銀次は、関西の暴力団幹部が九州侵攻のきっかけをつくるために送り込んだ刺客だった。昭和三十年代のことである。

大原が話を続ける。

「おまえがどう攻めようと、城之内は謳《うた》わん。厄介なのは、同業らが先の展開を読んで、城之内に手をださないことだ。郡司ですら持て余しているらしい」

西村は睨みつけた。値踏みのあとは駆け引きされている気分だ。

「あんたが殺《や》れ。生田連合の幹部になれるぜ」

「それもいいな」

大原が目で笑い、グラスを傾けた。

神経がひりひりしてきた。傷のせいもあるのか。話題を変えたくなった。

「俺の情報はどこから仕入れた」

「何の話だ」

「城之内を調べろと言ったくせに、どうせ動けんと……警視庁に覚醒剤撲滅の専従班ができるのを知っていたんだな」

警視庁は専従班の設置を公表していない。マスコミも報道していない。

「おまえが召集されるという話も聞いた。俺のことはわかっているはずだ。警察との窓口はおまえひとりじゃない」

数年前になる。大原の警察人脈を調べたことがある。用心のためだ。友好なギブ・アンド・テイクの関係を維持していても、目が覚めたら状況が変わっていたということだってある。しょせんはどちらも利害でくっついているのだ。そのときは十数名の警察官とつながっていることが判明した。すべてマル暴部署の者で、本庁幹部もいた。

「あの日に聞いたのか」

「どうでもいいじゃないか」大原が面倒そうに言う。「情報は事実だった」

「違う」

大原が眉根を寄せた。

「なにがどう違う」

「召集は拒否した」

大原が表情を崩し、声を立てて笑った。

「おまえらしい。わがままは受け入れられたのか」

「どうかな」

「俺は、どっちでもかまわん」

大原がソファにもたれ、煙草をふかした。

「おまえを襲ったやつらだが、憶えていることはあるか」

「黒っぽいスエットにスニーカー、お揃《そろ》いの目出し帽……準備万端だった」

「ほかに特徴は」

「ない。逃げるさいにひとりが声をだしたが」西村は首をふった。「道ですれ違ってもわからん。喧嘩慣れしている。確かなのはそれくらいだ」

「被害届をだすのか」

「ばかな」

犯人が逃走した直後は現場を離れることしか頭になかった。傷害事案として警察が動けば現場検証と現場周辺での聞き込み捜査が行なわれ、美鈴も事情を訊かれる。

「俺が情報を集めてやる」

「仇《かたき》をとってくれるのか」

「もちろんだ。ダチがやられて、黙ってはおれん」

西村は肩をすぼめた。ダチと言われたのは初めてだ。もののはずみのようなひと言だったのだろう。大原が怒っているふうには思えなかった。

★　★

朝から気温が上昇している。午前十時を過ぎて夏日に達したか。

麻布署裏の坂をくだり、小栗はカフェテラスに入った。

上司の近藤が両手の指でこめかみを押さえていた。モーニングセットは頼まなかったのか。テーブルにはコーヒーと水しかない。

「飲みすぎた」

近藤の声はしわがれていた。

小栗はコーヒーを注文した。

「はしゃぎすぎでしょう」

先週土曜はゴルフコンペのあと飲食店組合の幹部らと二次会で深夜まで飲んだという。昨夜は東光商事の朴社長と会食すると聞いていた。

煙草を喫いつけ、言葉をたした。

「大変ですね。カネヅルのご機嫌取りも」

「ばかを言うな」近藤も煙草に火をつけた。「情報収集じゃないか」

それは建前だ。内心はやきもきしていたに違いない。東京都遊戯組合の理事も務める朴は、近藤と麻布署の金主でもある。

しかし、近藤をからかうのはかわいそうだ。

「収穫はありましたか」

「おおありだ」近藤が勢いよく紫煙を吐いた。「東光商事はこの年末に開店するパチンコホールのことで郡司組にアヤをつけられたそうだ」

「知らなかったのですか」

「あいつら、自分に都合の悪いことは隠したがる」

「それなのに、朴は課長に相談したのですか」

「そうじゃない。俺の頭越しに課長と会ったことについては詫びの言葉をもらった」

近藤の鼻の穴がひろがった。

やはり気にしていたのですね。言いそうになった。

「課長から連絡があったそうだ。御社がこまっていると耳にして心配になった。郡司とは縁があるので、自分が仲裁してやると言われたそうだ」

「郡司が課長にささやいた」

「それしか考えられん」

苦虫を嚙み潰したような顔になった。不安のタネは消え去っていないようだ。

小栗は話を先に進めた。

「ネネでのことは聞けましたか」

「和気藹々《わきあいあい》だったとか。そりゃそうだな。郡司は東光パーラーの守りをすることになり、課長は仲裁料をせしめた。機嫌の悪いはずもない」

「そんな話はどうでもいいです」

「いいわけがない」近藤が口をとがらせた。「こんど俺を無視して勝手なまねをしたら、都内の東光パーラーをつぶしてやる」

小栗は肩をすぼめた。

近藤が言葉をたした。

「おまえのほうはどうだ。進展しているのか」

「朗報があります」

「ほう」

近藤の表情が一変した。

いまにも泣きだしそうな顔がうかんだ。

「捜査に協力しなければ、賭博開帳図利幇助《ほうじょ》の容疑で逮捕する」

「ええっ」

金切り声を発し、山口舞佳がのけ反った。

代官山にあるブティックの店員の証言で、山口の身元が判明した。二十六歳、独身。南恵比寿信用金庫で外商を担当している。お得意様回りだ。

「カイチョウトリ……ホウジョ……なんですか、それ」

「客を相手に賭博を行なっていると知りながら、それを手伝った」

「そんな無茶な」リスのような瞳がゆれた。「さっきも話したとおり、あの人たちがおカネを賭けているとは知らなかったのです」

山口がすがりつくようなまなざしで言った。

毎週月曜、山口はマンション麻雀が行なわれている部屋を訪ねていた。多い日でも二、三十万円とはいえ、毎週預金する顧客は外商担当者としてありがたいそうだ。ある日、預金者の徳永康太から、週末に手伝ってほしいと頼まれた。顧客の依頼を無視するわけにはいかず、金曜の夜だけという条件で受諾したという。

「言訳は裁判官が聞く。どんな理由があろうと、たとえ微罪であろうと、犯罪者を捕まえる。それが警察官の職務だ」

山口がうなだれた。顔は青ざめている。

小栗はゆっくり煙草をふかした。協力者になると確信しての事情聴取である。山口が出勤しているのを確認し、午後五時から広尾支店の前で張り込んだ。山口がそとに出てきたところで声をかけ、近くの喫茶店に同行させた。

「協力するね」

やさしく言った。

山口が顔をあげた。

「そのほうがいい。逮捕となれば、おかあさんが泣く。弟の将来にも影響する。当然、信用第一の銀行はあんたをクビにする」

山口の個人情報は調べた。母子家庭の、二人姉弟だ。

「協力すれば……」

山口が語尾を沈めた。

小栗はおおきく頷いた。

「徳永があんたを共犯だと言っても、無視する」

そんなことはありえない。が、藁《わら》にもすがりたい山口の気分は楽になる。

小栗は、山口から事情を聞くまでの経緯を話した。

近藤の顔がほころんだ。

「ガサ入れはいつやる」

「今週金曜の深夜。山口によれば、ＲＭＢの吉田は部屋を出るさいに来週の金曜もくると言ったそうです。吉田がマンションに入るのを確認したあと踏み込みます」

「いいね」声がはずんだ。が、にわかに表情がくもった。「ところで、山口という女は信用できるのか」

「さあ。人の心は読んだことがありません」

「あっさり言うな。令状を取って、もぬけのからではマスコミの連中に笑われる」

近藤は報道関係者を現場に呼ぶつもりなのだ。

「そのときは運がなかったと諦めてください」

「おまえはどうしてそうなんだ」

近藤があきれたように言った。

心配ないです。言いかけて、やめた。

山口が徳永に喋るとは思っていないけれど、直前の一瞬まで結末はわからない。うそなら平気でつくが、気休めのひと言はかけたくない。質が違う。

小栗はカップを手にした。コーヒーは冷めていた。水を飲み、煙草をふかした。

近藤が口をひらいた。

「参事官から連絡はないのか」

「さっき、ありました。水曜に会いたいと」

「あさってじゃないか」うかない顔になる。「用向きは聞いたか」

「なにも」

「あの二人のことを聞きたいのかな」

「そうでしょう」小栗は顔を寄せた。「なにか問題でも」

「そういうわけじゃないが……うちの課長のことを報告するのか」

奥歯にものがはさまったようなもの言いだった。

それで、ぴんときた。

「裏ガネが心配なんですね」

「まあな」近藤が手のひらを首にあてた。「麻布署の裏ガネを管理しているのは代々の課長だが、実行犯は俺だ。俺がいなければカネは集まらん」

近藤が真顔で言った。

根は正直者なのだ。逃げ口上は得意でも、悪あがきはしない。

そう思うから、小栗は安心している。

「参事官に報告するとしても、課長と暴力団の癒着に留めます」

「そうじゃない」

「えっ」

「課長の気質が心配なんだ。追い詰められたら何をするか。ただで転ぶような人じゃないからな。裏ガネを逆手に取るかもしれん」

「警察官僚のたかり体質を暴露するとでも」

「それを盾に参事官を威《おど》す。課長ならやりかねん」

小栗は口をつぐんだ。

俺にはどうでもいいことです。近藤でなければそう突っぱねていた。

ポケットの携帯電話がふるえた。手に取り、その場で耳にあてる。

「俺だ」

《南島です。城之内が六本木のオフィスに入りました》

「ひとりか」

《はい。ビルに入るとき鍵を手にしたので、オフィスに人がいなかったと思います》

ほう。声になりかけた。刑事の観察眼は備わっているようだ。

「わかった。これからむかう。俺が着く前にでかけたらあとを追え」

通話を切った。

「福西か」

近藤が訊いた。

「南島です」

「相手は誰だ。カモンの岸本か」

「あいつは用済み。協力者に仕立てないで、容疑者として逮捕します」

近藤が口を半開きにした。

「南島には、けさから城之内を尾行させています」

「どうして城之内なんだ。たったいま岸本は用済みだと言ったじゃないか。それなら、城之内も的にかける必要はないだろう」

「別件です」

きっぱりと言った。ほんとうなら城之内の名は口にしたくなかった。福西にも本音は教えていない。自分と石井の問題である。が、近藤には筋を通したくなる。

「早く行け」

投げつけるように言い、近藤がそっぽをむいた。

俺も筋を通してやる。

近藤の横顔はそう言っていた。

南島は路地角に立っていた。ジーンズにスニーカー、カーキ色のジャケットにデイパックを背負っている。めだたない身なりにしろと指示していた。学生風だが、昼間の六本木ではかえってめだちそうだ。

小栗はそばに行き、話しかけた。

「入ったままか」

「はい」南島が腕の時計を見る。「二十三分間、ビルに人の出入りはありません」

午前十一時十五分になる。『六三企画』が入居する雑居ビルは飲食店のほか、マッサージ店やＤＶＤのレンタルショップもあるけれど、午前中の利用客はすくないのだろう。

「ここで待機しろ」

「同行させてください」

「おまえ、腕力はどうだ」

「剣道は二段です。合気道も少々」

「実戦の経験は」

「ないです」

「もめたら逃げろ」

「職務放棄になります」

南島が胸を張った。

好きにさせる。職務ではないと言っても南島は我を張るだろう。城之内の素性は教えていない。翻意させようとは思わない。何事も経験だ。

「おまえは階段を使え」

言って、小栗はエントランスに入った。エレベーターで二階にあがる。

ドアにプラスチックのプレートが貼ってある。白地に黒文字。いかにも安っぽい。

南島が寄ってきたあと、チャイムを鳴らした。

「どちらさん」

関西訛《なまり》の声がした。

「麻布署の者です」

すぐにドアが開き、城之内が姿を見せた。

立て襟の白シャツ。チノパンツも白だ。額の生え際に三センチほどの裂傷痕がある。くぼんだ眼窩《がんか》に強い光を宿していた。

「デコスケが何の用や」

デコスケとは関西の裏社会で使う警察官の蔑称である。

「ここは東京だ。おまわりさんしかいない」

「そうかい」城之内がニッと笑う。「東京のおまわりさんは礼儀を知らんのう。人を訪ねたら、手帳を見せて名乗るもんや」

「悪かった」警察手帳を開いた。「生活安全課の小栗だ」

「地域課の南島です」

南島も手帳をかざした。

小栗は言葉をたした。

「先週木曜の夜、西麻布で傷害事件がおきた。その件で事情を聞きたい」

「ふーん。入れや」

城之内にうろたえる様子はなかった。

南島が目をぱちくりさせた。城之内の背を見ておどろいたのだ。

二十五平米ほどか。オフィスの体裁にはなっている。手前に四人掛けの応接ソファ。ブラインド衝立《ついたて》のむこうにチーク材のデスクが見える。

城之内がソファに座り、右脚のふくらはぎを左の太股にのせた。

小栗は正面に座した。

南島は小栗のうしろに立った。

「あんた」城之内が南島に声をかける。「冷蔵庫にお茶のペットボトルがあるで」

うしろで動く気配があった。

小栗は城之内を見据えた。

「傷害事件に心あたりはあるか」

「ある。行きずりの男に難癖をつけられ、痛めつけた」

「相手の名前は」

「知らん。あの男が告訴したんか」

「傷害罪は親告罪じゃない。が、被害者の身元は判明してない」

「どういうことや。なんでここに来た」

「あの夜、一一〇番通報があった。俺が駆けつけたときは加害者も被害者も現場から消えていた。で、周辺の飲食店をまわった。ある店であんたの名前がでて、警察のデータにひっかかったというわけだ」小栗は煙草を喫いつけた。「あんた、正直者だな。警察はあんたを加害者と特定していなかった」

「事実を言うたまでや」

城之内も煙草をくわえた。

南島がグラス二つを運んできた。氷まで入っている。

お茶を飲み、城之内が視線を戻した。

「どうするねん。俺をパクるか」

「寝るところがないのか」

「はあ」

城之内が顎を突きだした。

「ご希望なら留置場を提供してやりたいが、被害者不詳ではどうしようもない。ついでに言えば、ちんけな事案はさっさと片づけたい」

「おもろいおっさんやのう」

城之内が煙草をふかした。

音が流れだした。着信音だ。聞き覚えがある。『アマポーラ』だったか。アメリカ映画『ワンス・アポン・ア・タイム・イン・アメリカ』の一場面で流れていた。

城之内がテーブルの携帯電話を手にした。

「俺です……いま、デコスケが来てますねん……たいしたことやおまへん。世間話みたいなもんです……わかりました。あとでおやっさんのケータイを鳴らしますわ」

城之内が携帯電話を耳から離した。

小栗は口をひらいた。

「あんたはやくざか」

「俺のデータを見たんやろ」

「おやっさんと。もの言いもやくざの親子だった」

「関西では、お世話になってる人をおやっさんと呼ぶねん」

「あ、そう」そっけなく返した。「マンガも描いてるようだが」

「失礼なことをほざいたらあかん。芸術作品や。見せたろか」

「いらん」

「そう言うな。これもなにかの縁や。それに、うしろのおまわりさんが興味深そうな顔をしとる。俺の女神、拝ませたるわ」

城之内がシャツのボタンをはずした。脱ぎ捨て、立ちあがる。背中をむけた。

両肩から脇腹にかけて枝垂桜《しだれざくら》が咲き乱れ、背の真ん中で天女が舞っている。ぼかし彫りか。赤色と緑色の濃淡が美しい。手彫りなら短くても半年はかかる。

「どや」城之内が声を張った。「六三の夜桜は関西でちょっとばかり評判やで」

「シャツを着ろ。公然猥褻《わいせつ》罪で逮捕するぞ」

「しゃれたことをぬかすのう」

城之内が笑い、シャツを着る。

「ところで」城之内が声音を変えた。「あんた、カモンにおらんかったか」

「いた。あそこを出て、風俗に行きかけたとき、出動要請があった」

「それだけか」

さぐるようなもの言いだった。

「ほかに何がある」小栗は睨《にら》みつけた。「やましいことでもあるのか」

「そら、あるやろ。男をしとるんや」

城之内の眼光が鋭くなった。

背でドアが開く音を聞いた。

「お客さんか」

声がした。聞き覚えがある。

ふりむくなり目が合った。金竜会の郡司だ。

郡司が平然として近づいてくる。

「生活安全課の刑事《セイアンデカ》が、ここで何をしてる」

「世間話だ」

つっけんどんに言った。

「知ってますのか」

城之内が郡司に訊いた。

「ああ。死に損ないの刑事だ。かかわらんほうがいい」

「そうでっか」

興味なさそうに言い、城之内が煙草をふかした。

小栗は立ちあがった。長居は無用だ。郡司は麻布署の連中とつながっている。事情を知って麻布署に確認すれば面倒になる。

近くの喫茶店に入った。四人掛けのテーブル席が七つ。昼飯時なのに先客が一組二人だった。小栗はナポリタン、南島はカレーライスを注文した。
二、三分歩くあいだ、南島は無言だった。いまも顔は強張っている。
「どうした。声がでないのか」

「ひや汗がでました」

南島がおおきく息をついた。

「腕に自信があるんじゃなかったのか」

「相手が悪すぎます。あんな刺青を見せられ……おまけに郡司組の組長まであらわれて……肝をつぶしました」

「肝があるだけましだ」

さらりと言い、煙草をくわえた。

「傷害事件……初耳でした」

「でっちあげだ。一一〇番通報もなかった」

「ええっ」南島が目をまるくした。「では、どうしてあそこへ」

「城之内という野郎の面を拝みたかった」

「賭博事案との関係は」

「ない。だから、そとで待機しろと言った」

「そんな」不満そうな顔になる。「城之内は関西のやくざですか」

「わからん。フクからやつのことを聞かなかったのか」

「はい。聞いていれば、そとで待っていました」

あっけらかんと言った。顔に血の気が戻っている。

「興味があるのなら監視を続けてもいいぞ」

「ありません。賭博事案だけで結構です」

「そっちは直に片をつける」

「家宅捜索をやるのですね。いつです」

「近々だ」

小栗は煙草をふかした。応援部隊の者に捜査過程の詳細は教えない。

「きのうは客が集まらなかったのですか」

「そのようだ」

地域課の岡田からの最後の報告は午前一時だった。身元がわかっている者はひとりもあらわれなかったという。これまでも日祝日の夜に麻雀賭博の客がマンションに入るのを視認したことは一度もなかった。報告を受け、小栗は岡田と南島を帰宅させた。城之内の監視を思いついたのはそのときで、南島に指示したのだった。

中年女がナポリタンとカレーライスを運んできた。

トマトソースの色が薄い。粉チーズをたっぷりかけた。食べおえ、アイスコーヒーを飲む。薬剤のようなにおいがした。

エレベーターの扉が閉まりかける。

「待ってくれ」

小栗は声をかけた。

「あっ、刑事さん」

割烹着《かっぽうぎ》の男がぺこりと頭をさげた。鰻屋《うなぎや》の出前持ちだ。風呂敷包みを左手に提げ、右手でステンレスボトルを持っている。

「何階ですか」

「おなじだ」

3の数字が点灯している。ゆっくり上昇し、三階で停まった。

出前持ちを先に出した。行く先もおなじだった。

「運のいいやつだな」目が合うなり、山路が言った。ズボンのポケットに手を入れ、出前持ちに声をかける。「幾らだ」

「六千四百円です」

「また値上げしたのか」

「すみません」

山路が札を手にした。

「自分が払います」

小栗はセカンドバッグのファスナーを開いた。

山路が手で制した。

「呼んだのは俺だ」

小栗は手を止めた。

――話がある。店にこれるか――

三時間ほど前に電話がかかってきて、六時に行くと答えていた。

山路とカウンターにならび、箸を持った。

舌触りがいい。夏が過ぎ、脂がのってきたか。鰻と蕎麦《そば》は関東のほうが口に合う。

「先に謝っておく」山路が言う。「岸本の疵が見つからん」

「気にしないでください」

それっきり、二人とも無口になった。

食べおえると山路はカウンターの中に入り、器を洗った。人は見かけではわからない。

山路は意外なほどのきれい好きである。

山路がビールの栓をぬき、席に戻ってきた。小瓶を手にする。

「西村と組んでるのか」

「いいえ」グラスを持った。「先日は西村に呼ばれて。カモンの岸本の身辺をさぐっているさなかにある男がうかんで……西村はそいつに興味があるようでした」

「何者だ」

「勘弁してください。監視対象からはずしました」

「西村の顔を立てたわけか」

「捜査の枝です」

「詰めの段階のようだな」

山路がにやりとし、グラスをあおった。

小栗もビールを飲み、煙草をくわえる。頬杖をつき、ライターを手にした。

「西村のことで何か聞いてないか」

山路の声がくぐもった。

小栗は首をふった。警視庁に設置される覚醒剤撲滅の専従班のことかと思ったが、自分から口にするのははばかられる。

「やつが、なにか」

山路が顔をしかめた。ためらったのか。ややあって、口をひらいた。

「フクロにされたと聞いた」

小栗は目をしばたたいた。

「誰に」

「わからん。襲われたというのもうわさだ」

「本人に確かめたのですか」

山路が首をふる。

「勝気な男だからな」

「怪我《けが》は」

「かなり痛めつけられたようだ」

「いつのことです」

「先週の土曜、ここでおまえと会ったあとだ。で、おまえに声をかけた」

「知りませんでした。どこからの情報ですか」

「四係にいた深谷を知ってるか」

「ええ。いまは大原組にいるとか」

深谷が金竜会の組員になったのは知っている。が、去年の神俠会の分裂騒動以降、六本木の街で深谷と顔を合わせたことはない。

「俺が退官する前、深谷は部下だった。やつは西村とも親しかった。というか、兄貴のように慕っていた。西村が大原に近いことは」

「うわさに聞いています」

「自宅の近くで三人組に襲われた。西村は自宅に帰らず、大原組の事務所へ行き、深谷に応急処置をしてもらった。もっとも、それが目的ではなかったようだが」

「大原に会った」

「そう思うが、深谷はその話を避けた。あいつから組内の話は聞いたことがない」

「大原に会ったということは、やくざの仕業ですね」

山路が首をひねる。

「六本木に、あのはねっ返りを襲うやくざがいるとは思えん」

山路が息をつき、グラスを空けた。

小栗は視線をそらした。刺青がうかんだ。城之内ならやりかねない。が、西村が城之内を捜査の的にかけているようには感じなかった。

「灰がおちるぞ」

言われて気づいた。煙草の半分は灰になっていた。

「心あたりは」

「ないです」

「西村が興味を持っている相手を教えろ」

「どうしてそこまで」

「そうしたくなる男なんだ」山路がこまったように笑った。「殺る気だったのか、威しが目的だったのか。どっちにしても、西村が泣き寝入りするとは思えん」

西村とここで会ったときの、山路の言葉がうかんだ。

「野良犬が二匹と……似てますか」

「あれは言い違えた。西村は狼だ。ひとりじゃ生きて行けん。やつが年がら年中かまえているのもそのせいだ」

「俺は野良犬ですか」

「それも違うか」独り言のように言う。「田んぼの案山子《かかし》……ただの木偶《でく》の坊かな」

思わず頰が弛んだ。悪く言われた気はしなかった。が、表現が的を射ているとも思わない。自分がどんな人間なのか考えたこともないのだ。

「水割りを一杯くれませんか」

「ラフロイグが好みだったな」

山路がカウンターの中に入った。

「キープしたボトルで」

山路は答えず、ボトル棚に手を伸ばした。

「シングルモルトならこれだ」ザ・マッカラン18年のボトルをカウンターに置いた。「つき合え。おごってやる」

「それならロックで」

山路が目を細めた。二杯のオンザロックをつくり、席に戻った。

口の中にフルーティな香りがひろがる。ウッドスモークのほのかな香りが残った。

「飲みたくなったのはひさしぶりだ」山路が言う。「どんなに美味い酒でもいけ好かない野郎と飲めばただのアルコールになる」

小栗は紫煙を吐いてから口をひらいた。

「城之内六三……むつみは漢数字の六と三です」

山路は返答しなかった。視線を切り、グラスを持った。

あとは自分でやる。小栗はそんな意志を感じた。

「フクロの件、調べてみます」

「忙しいんだろう」

「家宅捜索の目途は立ちました」

「岸本を引っ張るのか」

「ご心配なく。さっきは言いそびれたけれど、岸本ぬきでたどり着きました」

「そうか」吐息がまじった。「俺は小心者だからな。はらはらしていたぜ」

冗談とも本音とも取れる声音だった。

小栗はタンブラーをゆらした。氷が音を立てる。豊潤な気分になった。

風がでていた。乾いた風に秋の気配を感じる。

夜の六本木はおちつきを取り戻したようだ。ことしの夏は若者の姿が目についた。風俗営業法が改正され、ダンスを踊るクラブは〈特定遊興飲食店〉として深夜営業が認められたせいだ。おかげで生活安全課は深夜の出動が増えた。半グレたちが息を吹き返し、組織犯罪対策課も忙しかったという。

路地をくだった。風が追いかけてくる。雑居ビルに入り、五階にあがった。

「オグちゃん、いらっしゃい」

詩織の声はいつにも増してあかるかった。

カウンター席に福西がいた。見向きもせずに箸を動かしている。

ベンチシートに座る客らも箸を持っていた。

小栗は角をはさんで座った。

「オグさんも」福西が言う。「美味いですよ、ばら寿司」

白磁の皿に彩あざやかなばら寿司が盛ってある。

「つくったのか」

詩織に訊いた。

「去年もおなじ日に……憶えてないの」

思いだした。詩織の娘の誕生日だ。昨年も一昨年も、詩織は自宅で木桶《きおけ》いっぱいのばら寿司をつくり、店で客に振る舞った。

そばにいてやるほうが娘もよろこぶと思うが、よけいなことを言えない。

「オグちゃんも食べる」

「いらん」頬杖をついた。「おまえの顔で満腹になる」

「食べてないくせに」

詩織の目尻がさがる。笑顔の裏に棘は隠れてなさそうだ。

ほどなくして、福西が箸をおいた。水割りを飲み、顔をむける。

「まじめな子です。職場からまっすぐ自宅に。アパートの近くのスーパーで買い物をして帰りました」

きのうから南恵比寿信用金庫の山口舞佳に張りつかせている。念のためだ。ほかにやらせることがなくなったせいもある。

「男に晩飯をつくるのかもしれん」

福西が顔の前で手のひらをふった。

「いないようです。アパートの周辺で聞き込みました」

「おまえは材木屋か」

「はあ」

「キが多い。明日香に嫌われるぞ」

福西があんぐりとした。

「あしたとあさってでも山口に見とれてろ」

言って、小栗は携帯電話を見た。着信の表示はない。

「待ち合わせ」詩織が訊く。「石井さんがくるの」

「電話があるかも」

バー『山路』を出たあと、ショートメールを送った。

——ひまになったら連絡をくれ——

携帯電話をポケットに戻した。また頬杖をつき、福西に話しかける。

「山口のケータイの通話記録を調べたが、気になる履歴はなかった」

「マンションの住人とは……」

福西は人前で固有名詞を使わない。

「連絡を取っていた。が、金曜だけだ。山口の供述どおりだった」

「マンションのほうはどうですか」

「気になる動きはない」

マンションは地域課の岡田が見張っている。三十分前の報告によれば、身元の知れた者は視認していないそうだ。マンション住人の徳永は喫茶店で昼食をとったあと部屋に引き返し、それ以降は姿を見せないという。

福西が口をひらいた。

「このまま無事に金曜を迎えたいですね」

「吉田次第だ」

福西が目をきょろきょろさせた。

「気にするな。吉田姓はごまんと」声を切った。思いだしたことがある。「吉田は山口に気があるようだ」

「通話記録ですね」

「ああ。吉田は自分名義のケータイから何度かメールを送っていた」

「返信は」

「していた。が、コンサートのチケットを送ってもらったお礼以外は短い文面で、なんの感情も感じ取れなかった」

「なによりです」

「ん」

あわてて福西が視線をそらした。

詩織が寄ってきた。小皿をテーブルに置く。梨をスライスしてある。

「新高梨よ。こんなにおおきかったの」

詩織が両手で円をこしらえた。顔が収まるほどのおおきさだった。

★

★

麻布署を出て、六本木交差点のほうへむかう。

スマートホンを見ながら歩く女とぶつかりそうになった。

西村は身体《からだ》をひねって避《よ》けた。顔がゆがむ。ため息をつくだけで脇腹に激痛が走る。第十肋骨《ろっこつ》骨折。医師の診断である。

三人組に襲われたのは先週土曜の夜だった。大原組事務所を出たあとビジネスホテルに泊まり、日曜の昼に帰宅した。鎮痛剤のおかげで痛みはさほどなく、妻の美鈴に心配をかけなくて済んだ。が、週明けのけさは痛みがぶり返し、病院に駆け込んだのだった。肋骨は全治二か月、複数個所の打撲は同二週間と診断された。やりたいことはあったがそとを歩くのは億劫《おっくう》で、麻布署に直行して資料とデータを読み漁《あさ》った。

交差点近くの喫茶店に入った。

禁煙フロアの男が愛想笑いを見せた。となりに座る女は不機嫌そうな顔をしている。クラブ『ＤａＤａ』のフロア主任とホステスである。

昼間に『ＤａＤａ』の支配人の携帯電話を鳴らした。旧知の仲だ。

——訊《き》きたいことがある——

——なんでしょう——

——先々週、関西の極道が来たな。金竜会の会長と郡司が同席した——

——ええ。憶《おぼ》えています——

——その席にずっとついていた女はいるか——

——確認してみますが、いたらどうするのですか——

——事情を聞きたい——

——面倒にはなりませんか——

警戒する声音だった。

——迷惑はかけん。そっちがよけいなことを言わなければの話だが——

——わかりました。のちほど電話します——

十分と経たずに支配人から電話がかかってきた。

——午後五時に、六本木の矢島コーヒー店……部下の塩田《しおた》がミカという女を連れて行きます。六時からミーティングなので、よろしくお願いします——

ウェートレスにコーヒーを注文し、西村は女に目をやった。

ワンショルダーの赤いドレスに小粒のダイヤのネックレス。ちいさめの顔で美形なのだが、なんとなく滑稽にも見える。すぐにわかった。素顔に睫《まつげ》毛エクステンション。化粧はミーティングのあとか。瞼《まぶた》に毛虫がついているように見えてきた。

「あんた、名前は」

「ミカです」

ぶっきらぼうに言った。支配人の指示で仕方なく来た。そんな顔をしている。

「先々週の水曜、郡司組の組長の席についていたそうだな」

「はい」

「いつも呼ばれるのか」

「お客様ではなく、ママに……お世話になっています」

「何人だった」

「四名様です」

「名前はわかるか」

ミカが横をむいた。塩田が頷《うなず》くのを見て口をひらく。

「金子さんと郡司さん……ほかのお二人は関西の方で、ひとりは五島さんと」

丁寧なもの言いが神経にふれる。自分よりも塩田の耳を気にしているのか。やくざ者をさん付けされると皮膚が痒《かゆ》くなる。

西村はコーヒーで間を空けた。

「どんな話をしていた」

「どんなと言われても……たのしい席でした。よく憶えていませんが、ゴルフと女の人の話がほとんどだったと思います」

「こわくはなかったか」

「ええ」

答えたあと、ミカが目をぱちくりさせた。

「どうした」

「ちょっとびっくりしたのを思いだして……郡司さんをトイレにご案内したとき、ほかの席のお客さんと言い合いになって」

「どんなやつだ」

訊く前に小栗の顔がうかんだ。小栗と郡司の因縁は聞き及んでいる。

「保安の小栗さんです」塩田が口をはさんだ。「ミカはびっくりしたかもしれませんが、たいしたことでは……お二人とも、目は笑っていました」

「小栗と一緒にいた連中はどうだ」

塩田が首をかしげた。思いだすというふうではない。警戒心がめばえたのだ。

西村はミカに話しかけた。

「城之内という名前を憶えているか」

「えっ」

薄い眉がはねた。

西村は顔を近づけた。サングラス越しに見据える。

「その名前がでたのはわかっている。言いだしたのは誰だ」

「五島さん」

蚊の鳴くような声だった。

「なんと言った」

「面倒をかけてないかと……郡司さんに」

「郡司はどう答えた」

「ご心配なくとか……わたし、聞かないほうがいいと思って……」

ミカが言葉をにごした。

話したくないのはあきらかだ。が、もう充分である。

その場の雰囲気や五島の印象を聞き、五時半になって客席を離れた。

路上に出た。ミカを先に行かせ、塩田と肩をならべる。

「大原組の組長は店にくるのか」

「あれからは一度も」

大原組が金竜会を離脱し、生田連合に加わったあとという意味だろう。それ以降、西村は『ＤａＤａ』に誘われなくなった。

「郡司は常連か」

「いいえ。たしか、あの日が二度目です。最初も金子会長が連れてこられました」

交差点に近づいた。ミカが信号待ちをしている。

「いまの話は忘れろ」

言って、西村は踵《きびす》を返した。


大衆食堂で夕食を済ませ、六本木駅から都営大江戸線に乗った。

二つ目の赤羽橋駅で下車し、路地を歩く。マンションの植え込みに人影を見た。回収業者の佐藤だ。携帯灰皿を手に煙草《タバコ》をふかしている。

西村は佐藤のそばに立ち、路地向かいに目をやった。四階建ての古そうなマンションがある。改正前の耐震基準を満たしているかもあやしい。午後八時になる。各階の通路は路地側にあるけれど、玄関脇の小窓は見えない。

「いるのか」

麻薬売人の米田は二階の端、二〇六号室に住んでいる。

「たぶん。さっき、電気メーターを見たが、円盤の動きは昼間よりも速くなっていた」

「裏にまわったか」

「ああ。ベランダの窓の上のほうしか見えなかったが、灯がこぼれてた」

佐藤が煙草を携帯灰皿に入れ、指先で押さえる。邪魔くさそうな仕種《しぐさ》に見えた。

「引き揚げていいか」

「おまえの出番はこれからだ」

佐藤が眉根を寄せた。ときおり、やくざの表情に戻る。佐藤は東仁会の二次団体に属していた。現役時代の佐藤は、夜の六本木に集まってくる若者を相手にドラッグを売り捌《さば》いていた。しのぎの割にリスクが高いと覚醒剤には手をださなかったが、おなじ稼業の米田とは面識があった。

「なにをやらせる気だ」

怒ったように言った。

「部屋のチャイムを鳴らせ。ドアが開いたら、俺が踏み込む」

佐藤がきょとんとした。

「パクるのか。なにをしでかした」

「俺を裏切った」

「野郎もあんたに威《おど》されて情報屋になっていたのか」

「報酬は払ってる」

佐藤が口元をゆがめた。

西村は携帯電話を開いた。

「この番号にかけろ」

「電話にでるのか。あんたを怒らせて、部屋にこもっているんだろう」

「でなけりゃ別の方法を考える」

「でたら、なんて言うんだ」

「覚醒剤《ジャブ》を買ってくれと……」

西村は声を切った。

二階の通路があかるくなった。奥の端だ。

「行くぞ」

佐藤に声をかけ、路地を横切る。

「行く手をふさいで、声をかけろ。俺は背後にまわる」

西村は外階段の側面にへばりついた。

靴音が聞こえ、階段を踏む音がおおきくなった。

「米田」佐藤が声をかける。「ひさしぶりだな」

「佐藤さん……」

米田の声におどろきの気配がまじった。

西村はすっと近づき、米田の首に腕を絡めた。脇腹が疼《うず》く。

「声をだすな」

米田の身体が縮こまった。

「部屋に戻れ。暴れたら首をへし折る。わかったか」

階段をのぼり、米田がドアを開けた。

「もういいぞ」

言って、佐藤に封筒を渡した。

佐藤がにんまりした。

カネを見れば顔つきも態度も豹変《ひょうへん》する。やくざのころから変わらない。

右にバスルームとトイレ、左はキッチン。コンロにアルミの薬缶が載っている。通路を進み、リビングへむかう。六畳の洋間。となりの部屋には布団が敷いてあった。

西村は布製のソファに腰をおろした。立ったままの米田に声をかける。

「ブツを持ってこい」

「ない」

米田が頭をふった。

「ねぼけたことをぬかすな。売人がブツなしでどうする」

「奪《と》られた……あいつに」

聞き取れないほどの声だった。

「城之内か。殴られたときか」

「違う。つぎの日、ここに」うなだれ、思い直したように顔をあげた。「尾行に気づかれて路地に引きずり込まれたとき、ポケットをさぐられ、運転免許証を奪われた。それを返しに来たと言われ、ドアを開けてしまった」

首が傾いた。小栗からは運転免許証の件は聞かなかった。が、些細《ささい》なことである。

「ブツはどうして。てめえの稼業を教えたのか」

「知ってたんだ。俺のことを」

「で、ばか正直に渡した」

「そんな言い方は……あんた、あいつのことを知ってるのか」

「どういう意味だ」

「あいつはケダモノだ。身体中、痣《あざ》だらけになった」

米田の顔はきれいだ。手と腕にも痣らしきものはない。見えない部分ということか。それなら喧嘩《けんか》慣れしている。

「俺のことをべらべら喋《しゃべ》ったな」

「喋らなきゃ殺されてた」

「座れ」

床を指さした。

米田が胡坐《あぐら》をかく。

間髪を容《い》れず、右の拳を打ちおろした。こめかみに直撃する。米田の身体がゆれた。

「俺と城之内、どっちにつく」

「……」

米田が口をもぐもぐさせた。

「答えろ」

「どっちも……勘弁してくれ。このとおりだ」頭をさげた。「しのぎはやめる」

「おまえの勝手だ。が、俺との縁は切れん」

米田が肩をおとした。頬が痙攣《けいれん》している。目がせわしなく動いた。

「水を飲んでいいか」

「ああ。逃げてもかまわん。野垂れ死にするだけだ」

米田がふわりと立ちあがり、よろけながらキッチンへむかう。

西村はじっとしていた。目でも米田を追わなかった。脇腹が痛む。脂汗がでそうだ。

シンクを打つ水の音がした。

ほどなく、米田が戻ってきた。

「なんだ、てめえ」西村は声を張った。「俺を殺《や》る気か」

米田はリビングの端に突っ立っている。右手の包丁が激しくゆれた。顔は色を失《な》くし、目はうつろだ。くちびるが動いたけれど、声にならない。

西村は立ちあがり、米田に近づいた。

「どうした。刺せ」

「ひぃ」

米田が奇声を発した。が、一歩も動かない。包丁が手から離れた。床に突き刺さる。音がしたあと、腰がぬけたようにへたった。

「俺は」声がかすれた。「どうすりゃいいんだ」

西村はゆっくり腰をかがめ、胡坐をかいた。米田とは息を感じる距離だ。

「一歩、踏みだした」

「えっ」

米田が顔をあげた。瞳はまだゆれている。

「包丁を握った」米田を見つめた。「城之内に、なんと言って威された」

「こんど面を見たら、殺すと……ぞっとするような目だった」

「売人をやめて飯が食えるのか」

米田が頭をふった。

「俺なんて……」

「なら、続けろ。殺されたっていいじゃないか」

「……」

「おまえが死んで、泣くやつはいるのか」

米田が首をふる。

「死んで損をするのか」

また首をふる。眉尻がさがった。

「そうだろう」

「わかった」

小声だが、力を感じた。

「引っ張れ」

「えっ」

「立って、俺を引きあげろ」

「どうしたんです。怪我をしてるのですか」

いつもの声音に戻った。

「転んで、腰を打った」

米田をソファに座らせ、西村はテーブルに腰をおろした。

「城之内の身体の特徴は」

警察のデータにあるのは十年以上前のものだ。写真も古い。

「身長は俺よりすこし高いくらい……百七十五はないと思う。でも、がっしりして、腕力はすごかった。首をつかまれただけで身体がういた」

西村は目出し帽の三人組を思いうかべた。

「ほかには」

「関西弁まるだし。あいつ、絶対にやくざだよ」

米田が身ぶるいした。わざとらしい。やさしくするとすぐにつけあがる。

「城之内に喋ったのは俺のことだけか」

「ほかに何を」

「小栗のことは」

「訊かれなかった」

「よし」

西村は腰をあげた。

米田の顎もあがった。

「あいつから」すがるまなざしになる。「俺を護《まも》ってくれるよな」

「あいにく、俺には泣いてくれる人がいる」ひと息ついた。「けど、心配するな。関西のクズ野郎を、いつまでも野放しにはせん」

西村はセカンドバッグを開いた。あるだけの封筒を手にした。

「治療費だ。仕入れのたしにしろ」

米田が拝むように受け取った。

「つぎからは電話にでろ」

言い置き、部屋を去った。


ピッ、ピッとちいさな電子音が鳴っている。舌を打つ音もした。

奥の席で中年男が背をまるめている。サラリーマンか。かたわらに鞄《かばん》がある。

老マスターが水を運んできた。

「ビーフシチューとライス。ブレンドも」

言って、西村はポケットをさぐった。

百円硬貨を投入口に入れる。卓上の画面が変わり、麻雀《マージャン》の配牌《はいパイ》があらわれた。

麻布十番の喫茶店にいる。五十年営業しているという。四人掛けの客席が六つ。テーブルはすべてゲーム機である。麻雀とインベーダーゲーム。昔からある。麻布署に配属されてしばらく、昼下がりの一刻をここで無為に流した。

あっけなく四百円を失くした。

「遅くなりました」

声がして、顔をあげた。

大原組の深谷が正面に座り、タオルで首筋を拭った。汗かきなのだ。

壁の時計を見た。午後二時になる。約束の時刻だ。

老マスターが洋皿を運んできた。

「いいですね」深谷が表情を崩した。「おなじものを。ライスは大盛りで」

深谷がこの店を指定した。

「まだここに来てるのか」

「たまに思いだして……お先にどうぞ」

深谷に言われ、西村はフォークを持った。

「病院に行きましたか」

「きのう行った。おまえの見立てどおりだ。肋骨が折れた」

「当分はおとなしく……むりですね」深谷が苦笑した。「手がかりは見つけましたか」

「さっぱりだ。そもそも動機がわからん」

フォークを動かした。ビーフが口の中でとろけた。

「あぶない事案をかかえているのですか」

西村は首をふった。ライスを頬張っている。水を飲んだ。

「城之内の身辺をさぐっているが、やつじゃない」

「どうして言い切れるのですか」

「城之内は関西弁を使うそうだ。三人組のリーダーに関西訛《なまり》はなかった」

深谷の眉間に縦皺《たてじわ》ができた。思案するとそうなる。

「ほかに特徴はありますか」

「リーダーが木刀、ほかの二人は鉄パイプ」声を切った。手がかりになりそうなものがひとつある。「木刀にお守り札があった」

「色は」

「そこまでは憶えてない。ゆれる札を見て……あとは蓑虫《みのむし》になった」

深谷の前にも洋皿がならんだ。

食べている間に奥の男が席を立った。

音楽が聞こえだした。やさしい音色だ。

映画のシーンが目にうかんだ。妻の美鈴はヨーロッパの古い映画を見たがる。若いころのアラン・ドロンの風貌にはニーノ・ロータのメロディがよく合っていた。

深谷が紙ナプキンで口元を拭った。

西村のほうから話しかけた。

「おまえは城之内と面識があるのか」

「いいえ。でも、顔は知っています。やっかいな関西野郎が六本木に棲《す》みついたと……親分に聞いて、とりあえず顔を見に行きました」

「いつのことだ」

「ゴールデンウィークのあとでした」

「そのころから大原は城之内を気にしていたのか」

「ええ。大阪での生田連合の定例会に出席したさい、本家の幹部から聞いたのがきっかけでした。盃《さかずき》は交わしてないが、五島組長の子飼いだと。凶暴な男らしく、やつの動きには気をつけるよう言われたそうです」

「五島は金竜会に筋を通したのか」

「そう聞いています」

深谷がくちびるを舐《な》めた。

「大原の本音は。俺にどうしてほしいんだ」

「わかりません」申し訳なさそうに言う。「ほかのことは何でも話してくれるのですが、先輩のことは……」

語尾が沈んだ。

なんとなくわかる。深谷をこまらせるつもりはない。西村は話題を変えた。

「覚醒剤撲滅の専従班ができるのは聞いていたのか」

「いいえ。先輩が襲われた夜に事務所で聞いたのが初めてです」眉間の皺が深くなる。

「ほんとうにことわったのですか」

ぞんざいに言った。吉野とのやりとりを教えるつもりはない。深谷も警察官だった。ひと言で意味を理解するはずだ。

深谷が肩をおとし、ストローをくわえた。

「生活安全課の小栗を知ってるか」

「ええ」深谷が姿勢を戻した。「一度だけ、一緒に仕事をしました。自分が山路さんの下にいたころです」

山路が追い払われるようにして警察官を辞めたのは六年前である。麻布署に山路を慕う者は多かった。彼らの何人かは山路のあとを追うように退官した。ほとんどが警務課に強要されての依願退職だった。深谷もそのひとりである。

「どんな男だ」

「よくわかりません。やる気があるのかないのか。そんな感じなのに職務はきっちりと。つかみどころのない人でした」眉間の皺が消えた。「あの人がなにか」

「やつも城之内に興味があるようだ」

「的にかけて……野球賭博ですか」

西村は首をふった。

「おまえとおなじよ。やつの頭の中はわからん」

「犬にはならん」

深谷が目を細めた。

「先輩でもむりですか」

西村は口をひらきかけて、やめた。二人で推測したところで何の意味もない。

「百円玉はあるか」

深谷の表情があかるくなった。無骨者が笑えば童子の顔になる。

「勝負しますか」

深谷が小銭入れを手にした。

「ああ。ここの飯代を賭けよう」

コンビを組んでいたころ、この店に来てはそうしていた。


午後五時を過ぎた。

芋洗坂の下で深谷と別れたあと、麻布署の医務室で横になった。痛みは鎮まったが、組織犯罪対策課の連中とは顔を合わせたくなかった。三人組に襲われたことがうわさになっているようだ。うわさの出処を知りたい気持ちはあるが、あれこれ訊かれるのはうっとうしい。内心ほくそえむ連中もいるだろう。

六本木交差点にむかって歩きながら携帯電話を耳にあてた。

《はい、小栗》

低い声がした。そばに人がいるのか。

「西村だ。確認したいことがある」

《言え》

「カモンの岸本の監視はやめたのか」

《ああ。それがどうした》

「確認だと言った」

《わかった。どうでも好きにしろ》

通話が切れた。

西村は息をついた。脚が軽くなったように感じる。交差点を左折した。すこし歩き、路地に入る。ショーパブ『カモン』の立て看板が見えた。

扉を開け、声を発した。

「店長の岸本はいるか」

岸本が午後四時までに出勤するのは確認済みだ。

「はい」

黒ズボンに白ワイシャツの男が答えた。手にモップの柄がある。ほかにも男が二人。フロアの客席とステージを掃除していた。

「失礼ですが、どちら様ですか」

「麻布署の者だ」

「お待ちください」

男がモップを壁に立てかける。

「どこだ」

西村のひと声に、男がふりむいた。目つきが悪くなった。

「俺が行く」

「こまります」

横手から女の声がした。

視線をふった先、レジカウンターにグレーのシャツを着た女が立っていた。

「あんたは」

「マネージャーの平野《ひらの》です」

「岸本はどこにいる」

「オフィスです。アポは取ってありますか」

平野が固定電話の受話器にふれた。

「連絡するのは勝手だが、先に場所を言え」

「カウンターの裏……左側にドアがあります」

「邪魔したな」

言って、西村は歩きだした。

ドアに〈staff only〉の文字がある。ノックしないで開けた。

いきなり男と目が合った。岸本だ。

十五平米ほどの部屋に安っぽい応接ソファ、二つのスチールデスクがある。壁のスチール棚に数冊のファイルと小型テレビが載っている。右側にアコーディオンカーテン。そのむこうに人の気配はなかった。

デスクに座ったまま、岸本が口をひらいた。

「だれ。勝手に入られてはこまるよ」

西村は警察手帳を開き、空いた手でソファを指さした。

「こっちにこい。聞きたいことがある」

ふてくされたような顔をして、岸本がソファに移った。

「いま準備で忙しいのですが」

「なんの準備だ」西村もソファに腰をおろした。「プレイボール前か」

野球賭博は試合開始三十分前に賭けの受付をおえる。予告先発がなかった時代は開始予定の二時間前、高校野球は前の試合の七回終了時に締め切られたという。

「えっ」岸本の目が泳いだ。「なんですか、それ」

西本は黙ってセカンドバッグを開いた。二枚の写真をテーブルにならべる。

「見覚えはあるか」

「……」

こんどは目が固まった。

「答えろ。この二人を知ってるか」

「ひとりは」岸本が右の写真を指した。「城之内さん。お客様です」

「最近ではいつ来た」

「たしか、先週の金曜だったと思います」

「台帳で確認しろ」

「なんですか」むきになって言う。「これは取り調べですか」

「事情聴取だ。望むのなら、取調室で話を聞いてやってもいいぞ」

「結構です」

岸本が立ちあがり、スチール棚のファイルを開いた。戻ってきて口をひらく。

「金曜で間違いないです」

「何時に来て、いつ帰った」

「正確には……でも、帰られたのは十二時前でした」

「何人だ」

「おひとりです」

西村は息をついた。

「城之内の職業は」

「知りません」

「名刺をもらってないのか」

「ええ」声がふるえた。「城之内さんがなにかしたのですか」

「答えられん」西村は左の写真を指さした。「こっちは」

岸本が写真を見つめ、首をかしげた。

「どなたですか」

「先週の木曜に来た客だ。憶えてないのか」

「うちは一見のお客様も多くて。それに、お客様と直に接する機会はあまりなく、名刺交換するのがめずらしいくらいです」

岸本の口が滑らかになってきた。野球賭博の話がでないので安心したか。

「城之内は木曜も来たか」

「ええ」

ノックの音に続いてドアが開き、マネージャーの平野が入って来た。

「どうぞ。烏龍茶《ウーロン》ですが」

二つのグラスをテーブルに置いた。

平野の表情が硬い。お茶を運んでくるのに時間がかかりすぎたように思う。

西村は平野に声をかけた。

「あんた、名刺はあるか」

「えっ。はい」

平野が手前のデスクに行き、名刺を手にした。

もらった名刺には〈フロアマネージャー　平野祐希《ゆき》〉とある。

「わたしが、なにか」

西村はテーブルの写真を手渡した。麻薬売人の米田のほうだ。

「この男に見覚えはあるか。先週木曜、ここに来たことはわかっている」

ひと息ついて、平野が視線をあげた。

「お帰りのさいに見たような気がします」

「その日が初めてか」

「そう思います。リピーターのお客様はほとんど憶えていますから」

西村はテーブルを指さした。

「こっちの男は」

「城之内様です。ときどき話をします」

平野の手から米田の写真を取った。

「木曜のことだが、この二人が接触するのを見たか」

「お店でということですか」

「ほかにどこで顔を合わせる」

「そういう意味では……」

「なんですか」岸本が割って入った。顔が赤くなっている。「事情聴取だといっても、すこしは礼儀をわきまえて……」

「うるさい」怒鳴りつけた。平野に顔をむける。「あんたはもういい」

西村は烏龍茶を飲んだ。ドアの閉まる音を聞いてから岸本を見た。

「ポルシェに乗ってるそうだな。そんなに稼いでいるのか」

「とんでもない。中古ですよ。三十万キロも走った車を値切り倒して」

「それでもたいしたもんだ。俺はリヤカーも買えん」

岸本が口元をゆがめた。

そこへ女が入って来た。ジーンズに赤いタンクトップ。長い髪をブロンド色に染めている。西村には目もくれず、岸本のそばに寄った。

「店長、きょうはわたしに踊らせて。あたらしい振付けをマスターしたの」甲高い声で言う。「お客さん、ビンビンに起《た》つわよ」

「見てわからないのか」岸本が声を荒らげた。「接客中だ」

「かまわん」声を発し、西村は女に顔をむけた。「続けなさい」

「ありがとう」

女が笑顔で言い、また岸本に話しかける。

「お願い。きょうはテレビ局の人が見にくるの」

「いいだろう。リハーサルを見て、マネージャーがオーケーなら踊らせる」

「ほんと」

女がステップを踏むようにして去った。

「しつけがいいな」

言って、西村は二枚の写真をセカンドバッグに戻した。

「もういいのですか」

「ものたりんのか」

岸本がぶるぶると顔をふった。

西村は腰をあげた。もう充分だ。

★　★

天高く、鰯雲《いわしぐも》の群れが流れている。切れ間から太陽が覗《のぞ》いた。

目の端できらりと光るものを捉えた。

小栗は、民家の塀に寄り、腰をかがめた。草むらにサングラスを見つけた。レイバンのティアドロップ。クラシックタイプのそれには見覚えがある。

手に取った。レンズにもフレームにも疵《きず》はない。

襲われたときにおとしたか。自分ではずしたか。小栗は首をひねった。サングラスなしの西村の顔は記憶にない。ハンカチに包み、セカンドバッグに収めた。

煙草をくわえて火をつけ、空にむかって紫煙を吐いた。

ふと、塀のむこうを覗きたくなった。

――現場に足を運んでも、西村の家には近づくな――

山路のひと言を思いだしたからだ。山路は理由を言わなかった。

サングラスを捜したけれど見つからなかったのか。あわててこの場を去ったのか。大原組事務所を訪ねるにしても、どうして家に寄らなかったのか。

とりとめのないことがうかび、小栗は頭をふった。

朝から世田谷代田に来て、西村の家の周辺で聞き込みを行なっている。古い民家が目につく。西村の家のとなりの空き地を見たとき、襲撃するならここしかないと思った。

靴音がして視線をふった。

福西が近づいてくる。

小栗は塀から離れた。

「わかりましたよ」福西が小声で言う。周囲の耳を気にしているのだ。右手で路地角を指した。「角の民家の住人が不審な車を見たそうです」

小栗は煙草をおとし、靴底で踏みつけた。

門柱のそばに初老の男が立っていた。縮みの甚兵衛を着ている。

「坂崎《さかざき》さんです」

福西が言った。

小栗は警察手帳を手にした。

「警視庁の者です」

麻布署の者とは言えない。できれば名乗りたくない。西村の家とは目と鼻の先なのだ。坂崎が西村の家人と親しければ、たとえ口止めしても、喋るおそれがある。

「車を目撃したとか」

「はい」

「土曜の何時ごろ」

「十時は過ぎていた。すこし離れたところに停まっていたよ」

「どんな車ですか」

「黒のミニバン……アルファードかな」

小栗は視線をずらした。車庫にプリウスが停まっている。

「人は乗っていましたか」

「運転席と助手席に。うしろにも二人いたように思う」

「ライトは」

「点《つ》いてなかった」

「どんな様子でしたか」

「わからないよ。暗いからね。でも、このあたりで路上駐車はめずらしいから憶えていたのさ。そうそう」坂崎が声をはずませた。「ナンバーもね」

「憶えているのですか」

坂崎がこくりと頷いた。

「一二×△……孫娘の誕生日とおなじだった」

「ほう」

思わず声が洩《も》れた。

車種と車両ナンバーがわかれば車の所有者を特定するのは容易《たやす》い。

小栗は質問を続けた。

「見たのはその一回ですか」

「そう。そとでかるく身体を動かしたあと風呂に入って、寝る。年金暮らしになってからの習慣さ」

坂崎がたのしそうに言った。

それなら物音や人声は聞かなかっただろう。この一時間で十二、三軒の民家を訪ねたけれど、不審な人物や車両の目撃情報はなかった。

「家にはどなたと」

「独りだよ。家内に先立たれてね」

「それはお気の毒に」

坂崎が顔を近づけた。

「なにがあったのですか」

「たいしたことでは」思い直した。曖昧にすれば興味を持たれる。近隣住民との話題にされる。「世田谷区内で車両盗難が多発していて……近くのコンビニの防犯カメラに盗まれた車が映っていたので、こうして聞き込みをしています」

すらすら喋った。とっさのうそでも立板に水だ。

「そうでしたか。ご苦労様です」

「ところで、自分ら以外にも刑事が訪ねてきましたか」

「いいえ。あなた方が初めてです」

小栗は礼を言って、その場を離れた。

西村と家人は近隣住民とつき合いがないのだろうか。

そう思ったが、斟酌《しんしゃく》しなかった。

駅前の喫茶店に入った。座席に茶色のカバーを掛けてある。年季を感じる店だ。カウンターの中に白髪、鼈甲《べっこう》メガネの男がいた。

小太りの中年女が水を運んできた。

「モーニングはありますか」

福西が訊いた。

中年女がふりむく。カウンターの男が頷いた。

「できますよ」

女の声に、福西が顔をほころばせた。時間が過ぎているのを承知で訊いたのだ。

「それを。アイスコーヒーと」

小栗はブレンドを頼んだ。首をまわしてから煙草をくわえる。

聞き込みは苦手だ。赤の他人と話すのは疲れる。丁寧に喋ると神経が摩耗する。だから福西を同行させたのだった。福西には西村が家の近くで何者かに襲われたことを簡潔に話した。西村の家は訪ねるなと言い添えた。

福西が顔をむけた。

「西村さんは襲った連中を捜していないのでしょうか」

「それはない」

きっぱりと言った。

――……西村が泣き寝入りするとは思えん――

山路は強い口調で言った。西村が独自で動けばさらなる面倒に巻き込まれる。山路はそれを案じて自分に話したのだ。

「それならどうして、西村さんは現場周辺での聞き込みを」福西が声を切り、目をまるくした。「家族を気遣った。そういうことですか」

「わからん。どんな家族なのかも」

「奥さんと二人暮らしです。子どもはいません」

「調べたのか」

「はい」笑顔で言う。「警察データで」

「おまえの末は探偵か、ストーカーだな」

言って、小栗は視線をそらした。

壁に額がある。五号か。男の横顔だ。骨張っている。ハンチングに口髭《くちひげ》。くすんだ色づかいが哀愁を誘っている。

コーヒーがきた。
小栗はフレッシュをおとした。胃が重い。この先どういう展開になるのか。はっきりしているのは警察官としては動かないことだ。西村は事件にしなかった。山路も古巣の麻布署には相談しなかったという。
ポケットの携帯電話がふるえた。
携帯電話を開いた。近藤係長からだ。そとに出て、耳にあてる。
《近藤だ。所有者が判明した。梶原俊矢《かじわらとしや》、二十九歳。傷害と強姦《ごうかん》の罪で起訴されていた。強姦罪のほうは三年の実刑だ。梶原は渋谷をうろつく半グレの幹部だが、兄貴格の八代健二《やつしろけんじ》は金竜会の準構成員と目されている。知らないか》
「ええ。八代と梶原は六本木にも出張っているのですか」
《そこまでは調べてない》
「梶原の住所はわかりますか」
《もちろんだ。書く用意は》
「俺のケータイにメールを送ってください。では……」
《待て、切るな》
「なんですか」
《そんな言い方があるか。事情を説明しろ。梶原がどうした。上司を顎でこき使っておい

て、蚊帳のそとはないだろう》

「そとのほうが安全な場合もあります。それとも、また難儀をかかえますか」

低いうめき声が聞こえた。

《賭博事案との関係は》

「まったくない」

《わかった。が、大事の前だ。面倒はおこさないでくれ》

懇願する口調になった。

眉で八の字を描いた顔が目にうかぶ。

「配慮します」

そっけなく言って通話を切り、店に戻った。

福西は茹《ゆ》で玉子の殻を剝《む》いていた。ソルトをふり、頬張る。半分になった。トーストもミニサラダも食べおえていた。

「わかりましたか」

福西は小栗が電話で話すのを聞いていた。

「ああ」

「何者ですか」

「ワルだ。傷害と強姦。実刑もくらってる」

「やくざではなさそうですね」

やくざ社会にも法度はある。婦女暴行は最低の犯罪行為と見なされている。

「わからんぞ。いまどきのやくざはカネのためなら何でもやる」

「強姦はおカネにならないでしょう」

「キン欲、性欲……大差はない」

福西が肩をすぼめた。

携帯電話がふるえた。

小栗は手に取り、メールを確認した。

――渋谷区神宮前五丁目△―○×　原宿GSメゾン三〇一　梶原俊矢――

携帯電話をポケットに収め、伝票に手を伸ばした。

「行くぞ」

「えっ。どちらに」

「決まってる。所有者を見つける」

「見つけてどうするのです」

「行きたくないのか」

「図星です」あっけらかんと言う。「捜査事案なら地獄でもお伴しますが」

「……」

あきれてものが言えない。が、仕方がない。福西が麻布署に着任して一年になる。そのあいだずっとそばにいるのだ。要領が身についた。地域課の南島とは違う。

「あぶなくなったら連絡ください。一一〇番通報します」

「ありがとうよ」

投げやりに言った。

絵画が目に入った。

そこにいるだけのあんたがうらやましい。胸で話しかけた。


小田急小田原線代々木上原駅で福西と別れた。

小栗は東京メトロ千代田線に乗り換え、表参道駅で下車し、路上に立った。表参道から原宿へむかう途中の空はひろい。彼方に代々木公園があるからだ。昼飯時で路上には人が行き来しているけれど、息苦しさは覚えなかった。

左折して路地に入る。めっきり人の数が減った。

二つ目の角を曲がったところに原宿GSメゾンはあった。

小栗はメールボックスの前に立った。三〇一号室のネームプレートに名前はない。投函《とうかん》口を覗いた。きれいだ。チラシもなかった。

路上に引き返し、建物を見る。地下はなく、マンション前に駐車スペースはない。周辺を歩いた。路地の先に駐車場の看板を見つけた。
三十台分の駐車スペースがある。後列に黒のアルファードを見つけた。品川○△○ ま
一二×△。梶原の車だ。車内を覗いた。スモークフィルムでよく見えなかった。
マンションに戻った。インターホンの301を押し、カメラレンズに顔を近づける。そ
うすれば顔だけがアップで映る。チャイムを鳴らした。
《はーい》
女の声がした。
「宅配便です」
開錠の音がした。
自動ドアから中に入り、エレベーターに乗った。かなり遅い。三階で降りた。三〇一号
室はエレベーターのとなりだった。
ドア脇のインターホンにカメラレンズはない。ボタンを押した。
すぐにドアが開いた。
小栗は左足を前にだした。
「だれ」
声を発し、女がドアを閉めようとする。
足にぶつかった。小栗は顔をしかめた。

「なんなのよ」

女が目くじらを立てた。足音がする。

小栗は力まかせにドアを引いた。身体を入れ、女を突き飛ばした。

「なんだ、てめえ」

男が突進してきた。短パンにTシャツ。側頭部を刈りあげ、前髪を垂らしている。首筋にタトゥー。さそりの絵柄だ。眦《まなじり》はつりあがっていた。

「警視庁の者だ」

小栗は警察手帳をかざした。

男の動きが止まった。手を伸ばせば届く。女は床に手をついている。

「梶原俊矢だな」

「それがどうした」

「聞きたいことがある」

「令状はあるんか」

「ない。事情聴取だ」

「ことわる。面を洗って……」

小栗は左腕を伸ばした。首のうしろにあて手前に引く。頭突きを見舞った。

男がうめいた。鼻に手をあてがう。血が垂れた。

靴を脱ぎ捨て、男の背後にまわる。腕を絡め、首を絞めた。

「あんたも、こい」

女に言い、膝で男の尻を蹴りながら奥へ進んだ。

銃声が響いた。

窓ガラスが砕け散り、男が落下する。なおも銃撃戦が続く。九十インチの画面に銃弾が乱れ飛んだ。男の背に〈ＦＢＩ〉の文字がある。

十五平米ほどか。リビングは空調が効いていた。赤と黒のストライプ柄のラブチェア、長方形の座卓。壁際の細長いデスクにノートパソコンが二つある。

色調のせいか、居心地の悪そうな部屋だ。

小栗は腰を払った。男がもんどりを打つ。すかさず馬乗りになる。

女に声をかけた。

「ガムテープを持ってこい」

女がクローゼットを開けた。ガムテープを手にする。

「こいつの両足に巻きつけろ」

女が頷く。頭の中は混乱しているのだろう。なんでも言うことをききそうだ。

両足を縛るのを待って、梶原をひっくり返した。

「なにしやがる」

梶原が身体をゆさぶる。

小栗は頭髪をつかんだ。顔を床に打ちつける。鈍い音がした。梶原の両手をひねり、背の真ん中で交差させる。

「手首も縛れ。きつくだ」

女が膝をつき、ガムテープを巻きつける。

かすかなにおいがした。覚えがある。女の首筋に鼻を寄せた。

女の身体がぴくりとはねた。

梶原を抱きかかえ、ラブチェアにもたれさせた。ガムテープで口をふさぐ。顔は血まみれだ。鼻血は止まっていなかった。額が割れ、血がにじんでいる。

小栗は女の腕を取った。静脈はきれいだ。

「やめてください」

女が身をよじってあらがう。

「運転免許証を見せろ」

「持っていません」

「保険証は。マイナンバーカードでもいいぞ」

女が息をつく。身体が萎《しぼ》んだ。立ちあがり、クローゼットのトートバッグを持った。

小栗はバッグをひっくり返した。中身が床に散らばる。大半は化粧品だ。ちいさなポシエットを開けた。名刺入れがある。〈イエローマドンナ　上原月〉。『イエローマドンナ』は六本木では老舗のキャバクラだ。財布には八万三千円と七種類のカード。国民健康保険証もあった。本名は上原和子、平成三年三月の生まれだ。住所は東京都練馬区光が丘二丁目△○－×－八一四。世帯主は上原義光とある。

「ここに住んでいるのか」

「お仕事の日だけ」

脂汗か。女の額に栗色の毛がへばりついている。

「こいつの」梶原を指さした。「仕事は」

「知りません」

「正直に話せ。そうすりゃ尿検査はパスしてやる」

女が目をしばたたいた。

「デリヘルをやっています」

消え入りそうな声だった。

背後で音がした。梶原が足をばたつかせている。

睨みつけたら静かになった。ガムテープで女の両手を縛る。腕を取って立たせ、トイレに連れて行った。

「ここでじっとしてろ。済んだら解放してやる」

「警察には」女が目でも訴える。「お願いします」

「考えておく」

ドアを閉じ、リビングに戻った。

梶原が悪あがきをしている。足首のテープが剝がれそうだ。

そのままにした。暴れたら生傷が増える。

ジャケットを脱ぎ、座卓に腰をおろした。煙草をくわえ、火をつける。

座卓にはガラスの灰皿とグラス、紅茶のペットボトル。二機種のスマートホンにガラケーと称する携帯電話、ＤＶＤのリモコンもある。テレビを消した。

くわえ煙草で携帯電話を手にする。

梶原が目を剝いた。

小栗は携帯電話を座卓に戻した。梶原の反応を見たかった。別件に興味はない。ガムテープを剝がし、梶原の口を自由にしてやる。

額の血は固まりかけている。傷は浅い。

「ふざけるな」梶原がわめいた。「警察がこんなまねをしやがって」

小栗は灰皿をつかんだ。額を殴りつける。傷口がひろがった。

「ひぃ」

梶原が奇声を発した。まばたきをくり返す。目に血が入ったのだ。

「何をだ」

刃向かうように言うが、迫力はなかった。

「品川〇△〇　ま一二×△……おまえの車だな」梶原が頷くのを見て続ける。「先週土曜の夜、その車でどこに行った」

梶原の瞳がゆれた。

「ダチに貸した」

「名前は」

「それは……」

梶原が口ごもった。

左手で前髪をつかむ。煙草をくわえ、右手を固めた。

「待て」声がひきつる。「運転を頼まれた。ほんとうなんだ。刑事を……」

声を切り、梶原が口元をゆがめた。

だが、遅い。一秒前のことでもやり直しはきかない。

「洗いざらい吐け。どうして麻布署の西村刑事を襲った。仲間の名前を言え」

単刀直入に訊いた。事情聴取ではない。事件にするつもりもない。

「刑事だと知らなかった。あとで聞いたんだ」

「正直に答えろ」

「誰に」

梶原がうなだれた。

背をまるめ、小栗は左手を伸ばした。股間をつかむ。タマが縮んだ。

「うっ」

梶原の身体も縮んだ。顔から血の気が引くのがわかった。

「や、やめてくれ」

「兄貴分の八代だな」

梶原がこくりと頷いた。

手の力を弛《ゆる》めた。が、タマは放さない。

「八代は西村に怨《うら》みでもあったのか」

「頼まれたと」あえぎながら言う。「誰に頼まれたのか、教えてくれなかった」

「襲ったのは何人だ」

「三人を乗せた。やったのもそいつらだ」

小栗は手を放した。煙草をふかして灰皿につぶし、手帳を開いた。

「三人の名前を言え」

梶原はすらすら喋った。

「八代の家は」

「知らん。仲間の誰も知らんと思う」

「行きつけの店は。渋谷で悪さをしてるんだろう」

「昼間はパチスロか麻雀。どっちかの店に呼びだされる」

「店名を言え」

「センター街のサンライズ。麻雀は楽雀……フリーで打てる店だ」

それも書き留めた。

「凶器はどうした」

「車にある」

「キーはどこだ」

「聞いてどうする」

「借りる。あすにでも麻布署まで取りにこい。心配いらん。留置場は満員だ」

梶原が息をついた。

「デスクの抽斗《ひきだし》に」

小栗は立ちあがった。車のキーをジャケットのポケットに入れ、トイレにむかう。

ドアを開けた。女は便器にしゃがみ、両手で顔を覆っていた。

「荷物を持って、ここを出ろ」

飛びだし、女は床に散らばるものをトートバッグに投げ入れた。

梶原は黙ってそれを見ていた。うらめしそうな目つきだった。

小栗は座卓に腰をかけた。

女が転がるようにして部屋を去った。

ドアの閉まる音を聞いて、梶原に声をかける。

「おまえも覚醒剤《ジャブ》を食ってるのか」

「食わねえよ、そんなもん」

横柄に言った。

「寝てろ」

鼻梁《びりよう》に拳を叩きつけた。

梶原の身体がゆっくり傾き、床に倒れた。

小栗は煙草に火をつけてから携帯電話を耳にあてた。

《近藤だ》

「書くものはありますか」

《待て》

小栗は煙草をふかした。

タクシーを降りた。目の前にザ・キャピトルホテル東急の正面玄関がある。

立ち止まり、小栗はほぐすように肩をまわした。せわしなく時間が流れた。

梶原のアルファードを運転して麻布署にむかい、駐車許可をもらってから五階にあがった。木刀と鉄パイプを自分のロッカーに隠したあとデスクに座り、パソコンを起動した。手帳を開き、個人名を入力した。検索しているさなか、近藤に声をかけられた。

五階の取調室で話をした。近藤は梶原のデータを見せてくれた。上原和子という女に犯歴はなかった。近藤にあれこれ訊かれたが、うそをつきとおした。感謝はしても、西村が襲われた件を話す気にはなれなかった。

気づいたときは約束の時間が迫っていた。近藤を残し、取調室を去った。六本木通を横切り、タクシーに乗ったのだった。

ザ・キャピトルバーに入った。

警視庁の吉野参事官はテーブル席のソファにもたれていた。

午後四時を五分過ぎている。開店直後か、ほかに客はいなかった。

「ウイスキーの水割りを」

ウェーターに声をかけた。

「それは」吉野が小栗の右手を指した。「血か」

小栗は視線をおとした。ジャケットの袖に幾つかの黒い染みがある。一発目のときに返り血を浴びたのだろう。そのあとジャケットを脱いだので気づかなかった。

「チンピラに絡まれました」

さりげなく言った。

「短気なのか。何か月か前も捜査一課の刑事の前歯を折ったそうだね」

「面倒くさくて」

吉野が首をすくめた。

ウェーターがグラスを運んできた。

ひと口飲んだ。麻布署では水分を摂《と》る時間もなかった。

「さっそくだが、報告を聞きたい」

吉野が言った。

「内林課長と箱崎係長のことですか」

「ほかにもあれば聞きたいね」

小栗は首をふり、セカンドバッグを開いた。Ａ４の用紙を取りだした。報告書のコピーだ。正規の捜査報告書ではない。吉野に見せる目的で福西につくらせた。先週金曜から三日間の、内林の行動記録である。福西には事実のみを書くよう指示した。

読みおえ、吉野が用紙をテーブルに置いた。

「これだけか」

とがめるようなもの言いだった。

「知り得た事実は、それだけです」

「情報のウラは取らなかったのか」

「どういう情報です。メモリーチップには二人の写真しかありませんでしたが」

「ゴミどものうわさだ」吉野が怒ったように言う。「暴力団との癒着、所管する業者とのなれ合い。連中がのさばっているから麻布署は不正が絶えない」

「麻布署にかぎったことではないでしょう」

「そうとも言える。が、麻布署の悪評は聞くに堪えない。わたしが専従班の指揮を引き受けた理由はそこにある。腐敗の一掃と組織改革……麻布署をモデルケースにする」

ご立派なことで。声がでそうになった。

吉野が話を続ける。

「署長も警務も見て見ぬふりをしているそうじゃないか」

小栗は首をかしげた。疑念のひとつが声になる。

「どうして俺に声をかけたのですか」

「連中とは違う。君は一匹狼《いっぴきおおかみ》だろう」

「狼はごめんです」

「群れを離れた狼は死ぬか」吉野が薄く笑う。「君は署内に人脈を持ってない。不正のうわさはないし、たちの悪いしがらみもなさそうだ。で、目をつけた」

「俺にはむりです」

「君にも仲間意識があるのか」

「さあ。それはともかくとして、ゴミはなくならない。掃除しても、すぐに溜《たま》る」

「わたしはきれい好きでね」

「そうですか」

言って、水割りを飲んだ。味も香りも感じなかった。煙草をくわえた。頭に靄《もや》がかかっている。うっとうしい。眠りたくなった。

「箱崎のほうは調査中か」

声がして、視線を戻した。

「手つかずのままです」

「なぜだ。事案をかかえているのか」

「詰めの段階です。が、それが理由ではない」

「ん」

吉野が眉根を寄せた。

小栗は思いついたことを口にした。

「餅は餅屋。俺よりも適した男がいるでしょう」

「ほう」吉野が表情を弛めた。「西村のことか」

「うわさは耳にしています」

「どこまで」

吉野がさぐるような目つきをした。

「くだらん人だな」

声が勝手にでた。

「なんだと」語尾がはねた。吉野の顔が赤くなる。「クズのくせに……」

「クズを頼るな」

小栗は席を蹴った。

煙草を消し忘れた。が、戻る気にはなれなかった。

頬杖をつく詩織を初めて見た。目が笑っている。

「早く食え。のびるぞ」

「いいの」

六本木の蕎麦屋《そばや》にいる。テーブルにはざるそばと天ぷら、玉子焼きがある。

永田町から歩いて六本木に戻った。山王坂や乃木坂通の風景は憶えていない。階段をのぼり、外苑東通に出たところで、詩織の携帯電話を鳴らした。麻布署に戻って近藤に報告するつもりだったが、わずらわしさのほうが勝った。

天ぷらは衣が多い。玉子焼きは甘すぎる。それでも、味がするだけましだ。

「毎日、嫌なことがあればいいのに」

詩織が言った。

「毎日続けば、おまえが嫌になる」

「そうかもね」

詩織が目を細めた。

また目尻の皺が増えたような気がした。

「おまえは嫌なことがないのか」

「あるわよ。けさも未来《みき》と喧嘩しちゃった」

娘の名前だ。

「ふーん」

愚痴を聞いてやりたい気分になった。が、訊いても詩織はその話を避けるだろう。

小栗はそばをすすった。

頬杖をはずし、詩織も箸を持った。

アルバイトの女らが出勤してから、小栗は『花摘』を出た。

外苑東通を飯倉方面に歩き、左に曲がった。薄汚れたマンションがある。コスモスパレス六〇七号室のメールボックスを見た。『六友商事』とある。六本木の飲食店からみかじめ料を搾取するための会社だ。

エレベーターで六階にあがり、六〇七号室のドアの前に立った。ドアの上部、左右に防犯カメラが設置してある。三か月前に来たときは一基だった。

チャイムを鳴らした。応答がない。

小栗は防犯カメラを見た。ドアにむかって話しかける。

「麻布署の小栗だ。郡司に話がある」

数秒の間が空いた。

「ひとりか」

「ああ」

ドアが開き、三宅が顔を覗かせた。クラブ『ＤａＤａ』があるビルの一階で警護していた男だ。あのときよりも表情はけわしく見える。

三宅が通路を見て、口をひらいた。

「入れ。くそが……何しに来やがった」

つぶやくように言った。郡司の指示でドアを開けたのはあきらかだ。

手前の部屋には六人の乾分《こぶん》がいた。一様に目が殺気立っている。

小栗は奥の応接室に入った。

黒革のソファの真ん中で、郡司は葉巻をふかしていた。

「取り込み中のようだな」

言って、小栗は郡司の正面に座った。

「白々しい。それを承知で来たんだろうが」

「おっしゃるとおり。外食も控えると読んだ」

午後七時十分になる。二時間ほど前、麻布十番の路上で喧嘩騒動がおきた。一一〇番通報でパトカーが急行し、路上にうずくまっている男を保護した。郡司組の下部組織に属する者で、頭部と腕に裂傷があったという。

「ふん」郡司が鼻を鳴らした。「でかけるところだ」

うそではなさそうだ。郡司はネクタイを締めている。

坊主頭の若者が冷茶を運んできた。さすがに酒をくれとは言えない。

小栗は煙草をくわえた。

「手短に済ませ。何の用だ」

郡司が言った。

小栗は一枚の写真をテーブルに置いた。半グレの八代健二。西村を襲撃した三人組のリーダーだ。警察データから無断でコピーした。

「こいつを知ってるか」

「下衆《げす》野郎か。こいつがどうした」

「金竜会が面倒を見てるそうだな」

「昔の話よ」

郡司が葉巻をふかした。あまい香りがひろがる。

「縁を切ったのか」

「うしろ足で砂をかけやがった。しょせん半グレ……そんなもんだ」

「いつ縁が切れた」

「一年になる」

郡司が顔をしかめた。

小栗は前のめりになった。

「大原組か。大原が八代の面倒を見てるのか」

「うわさだ。おまえがくるまで野郎のことは忘れてた」

小栗は視線をおとし、冷茶を飲んだ。にわかには信じがたい話である。大原と西村は入《じっ》魂《こん》の仲だという。八代はそれを知らなかったのか。知ったうえで襲ったのか。動機はなんだ。自問しても答えが返ってくるはずもない。

「どうした」

郡司の声に、顔をあげた。

「訪問先を違えたようだ」

「そんな顔には見えんが。まあ、いい。用が済んだら帰れ」

「もうひとつある」

煙草をふかし、灰皿に消した。

「城之内とはどういう仲だ」

「客人よ。知ってるんだろう」

「城之内の経歴は調べた。が、なんの目的で東京に棲みついたのか……あいにくマル暴担とはつき合いがない」

「冗談言うな。ＤａＤａで、タヌキと飲んでいたじゃねえか」

「青木課長のことか」

「ああ。もうひとりの、澄ました野郎は誰だ」

「桜田門のキツネだ」

つっけんどんに返した。

郡司がにやりとした。

小栗は言葉をたした。

「あんた、青木課長ともつながっているのか」

「ん」郡司がきょとんとする。「おまえ、ほんとうに無知なんだな」

「いまごろわかったか」

「調べてみろ。とんでもないタヌキだぜ」

興味は湧いたが、脇道には逸《そ》れたくない。時間切れになる。

「城之内のしのぎは何だ」

郡司の眉がはねた。城之内の話になると郡司は不機嫌な顔になる。

「客人にもいろいろあるようだな」

「勝手に想像しろ」郡司が葉巻をふかした。「やつは的か。なんの容疑だ」

「ある捜査事案の関係者だ」

「パクるのか」

「どうかな」

曖昧に言った。

郡司がソファにもたれる。思案する顔になった。

舞う天女がうかんだ。

――六三の夜桜は関西でちょっとばかり評判やで――

刺青を見せびらかす直前に城之内の携帯電話が鳴った。郡司が『六三企画』のオフィスを訪ねてきたのは城之内がシャツを着たあとだった。ここから『六三企画』のオフィスまで普通に歩いて十分とかからない。

推測が声になる。

「手を焼いているのか」

「……」

「様子を見に来たのか。あのすこし前、城之内のケータイが鳴った。きつい関西弁で喋っていた。おやっさんと……その相手に頼まれたのか」

「おい」郡司が凄んだ。「よけいなことに興味を持つな。つぎは命をおとすぜ」

小栗は睨み返した。

「パクってやろうか」

「なにっ」

郡司の目つきが変わった。が、すぐに表情が弛み、白い歯が覗いた。

「邪魔したな」

小栗は冷茶を飲んだ。気分はましになっている。

★　　　★

ハチ公広場前のスクランブル交差点を渡り、渋谷センター街に入った。平日の昼間なのに路上には大勢の若者たちがいる。脇見をしていればぶつかりそうだ。

西村は路地角に立ち、スマートホンを手にした。
きのう、山路から連絡があった。
家に帰って着替えているさなかに携帯電話が鳴った。午後七時をまわったところで、ひさしぶりの早い帰宅だった。
《山路だ。書くものはあるか》
「待ってくれ」西村は自室のデスクに座り、ボールペンを持った。「いいぞ」
《おまえを襲った連中がわかった。首謀者は八代健二……八代市の八代だ。素性はそっちで調べろ。犯歴がある》
「どうしてわかった」
《質問はあとだ。渋谷センター街にあるパチンコホールのサンライズ、雀荘の楽雀……たのしい雀《すずめ》……八代の住所は不明だが、昼間はパチスロか麻雀をしているそうだ》
西村は書き留めてから口をひらいた。
「何者だ」
《渋谷の半グレのリーダーと聞いた》
「誰に」
《誰でもいいだろう》

はねつけるような口調だった。

「俺の知らない野郎……ということは、そいつを動かしたやつがいる」

《かもしれんが、それも自分で調べろ》

「情報は確かか」

《保証する。切るぜ》

有無を言わせぬもの言いだった。

通話を切り、西村はメモ用紙を見つめた。

——素性はそっちで調べろ。犯歴がある——

警察のデータに八代の個人情報が載っているということだ。

それだけでも情報元は推察できる。警察関係者だ。山路は、情報は保証すると言い切った。生活安全課の小栗か。ほかの名前はうかばない。が、なぜ小栗なのか。

疑念はほかにもある。

自分で調べろ。二度も言った。山路はもっと情報を持っている。そう感じた。教えたくない情報もあるのか。それゆえに情報元を知られたくないのか。

思案するうちに身体が傾いた。

「どうしたの」

声がして、ふりむいた。

ドア口に妻の美鈴が立っている。左手はエプロンをつかんでいた。

「でかけるの」

西村は首をふった。

「あまりむりをしないでね」

「……」

「怪我をしているんでしょう」

「どうしてわかった」

「寝返りを打つとき、顔をしかめて……うめくこともあった。大丈夫なの」

「そのうち治る」

西村は立ちあがった。ぴりっと痛みが走る。

美鈴が眉をひそめた。

「腹が減った。晩飯はなんだ」

妻の肩に手をかけた。


インターネットで『サンライズ』の位置を確認した。もうすこし先だ。

八代の写真を見てから自動ドアを開けた。うるさい。パチンコのフロアは半分ほどの入りか。通りぬけ、パチスロのフロアへむかう。薄暗い空間に赤色や青色が発光する。さらにうるさくなった。サウンドに電子音がまじった。若者がめだつ。男がひきつった目でリールを見つめている。くわえ煙草でボタンを押す女もいた。人声は聞こえない。

すべての通路を見てまわったが、八代の姿はなかった。

そとに出て、路地に入った。細長い雑居ビルの袖看板に〈リーチ麻雀店　楽雀〉の文字を見つけた。階段を使い、二階にあがる。

店内は静かだった。

八卓ある。中央の一卓が稼働していた。

「いらっしゃい」白ワイシャツに黒ズボンの男が寄ってきた。「初めてですか」

男を無視し、西村は稼働中の卓を見た。

四人のうちの二人は従業員のようだ。客がひとりで来ても遊べるリーチ麻雀店では従業員が客の相手をすることもある。客を待たせないためだ。

右に動いた。横顔と背中しか見えない男の顔を見る。

「あのう、お客さん」

そばにいる従業員の声に、背を見せていた男がふりむいた。八代健二だ。

西村はすっと寄った。八代の頭髪をつかむ。

「なにしやがる」

八代がわめいた。

かまわず、顔面を殴る。くちびるが切れた。八代が唾を吐く。にごった目で睨むが、あらがわない。西村の素性を知っている証《あかし》だ。

従業員にむかって警察手帳をかざした。

「トイレはどこだ」

「通路の右奥です」

八代の右手に手錠を打った。片方を自分の左手にかける。逃がすわけにはいかない。暴れられてもこまる。手負いの身なのだ。

「立て」

「けっ」

八代が顔をゆがめた。

トイレに入るなり、膝蹴りを見舞った。右の肘が顎を捉える。八代が身体を折った。手錠が痛い。脇腹も悲鳴をあげた。引きおこし、壁に押しつける。手錠をかけたほうの腕で八代の首を絞めた。八代がもがく。右のアッパーを鳩尾《みぞおち》に叩き込んだ。

「うっ」八代がうめく。「すまん……悪かった」

息遣いが荒い。八代の額に汗がにじんだ。

「誰に頼まれた」

そう決めつけている。八代とも渋谷の半グレグループとも接点がないのだ。けさ麻布署で警察データを精査した。過去数年にさかのぼっても思いあたらなかった。

城之内六三か。デスクにいるあいだ、その疑念は消えなかった。むしろ濃くなった。

あの日の行動は憶えている。朝は六本木の喫茶店で青木課長に会った。話している最中に回収業者の佐藤から連絡があり、赤坂に急行した。城之内の車がオフィスビルの駐車場にあるのを確認し、赤坂署に勤務する同期の倉重を呼びだした。夕方にはバー『山路』で生活安全課の小栗に会った。

あとでわかったことだが、水曜には尾行に気づかれた米田が城之内から暴行を受けた。米田によれば、次の日、家に押しかけてきた城之内にすべてを喋ったという。

警察データには、八代が金竜会の事務所に出入りしていると記してあった。

どう頭をひねっても城之内が襲撃を指示したとしか考えられなかった。

「知らない男だ」八代の声がかすれた。「街で声をかけられた」

「ほざいてろ」

手のひらを八代の顔にあて、壁に打ちつけた。続けざま、サングラスの柄の片方を八代の鼻の穴に差し込んだ。

八代が首をふる。鼻血が滴った。

「これが最後だ。言え、誰に頼まれた」

「大原さん……大原組の……」

消え入りそうな声だった。

そういうふうに聞こえただけかもしれない。頭の中が真っ白になった。

「助けてくれ……殺される……」

途切れ途切れに聞こえた。

西村はサングラスを引いた。全身の力がぬけかけている。


手錠に上着をかけてタクシーに乗り、麻布署の前で降りた。

選択の余地のない判断だった。決着をつけるまでは、八代を自由にするわけにはいかない。もっとも、あれこれ思案する余裕もなかった。

路上に立ち、八代の耳元に顔を寄せた。

「いっさい喋るな。喋れば大原にばらす」

「俺を逮捕するのか」

「黙秘していればタイミングを見て解放してやる」

自分への暴行傷害も公務執行妨害もよその島でのことである。八代の身柄を押さえるなら他署に渡すしかない。そもそも、暴行傷害を事件にする気がないのだ。

八代が頷くのを見て署内に入った。エレベーターで六階にあがる。組織犯罪対策課のフロアだ。四係の島には箱崎係長しかいなかった。そのむこうに青木課長の顔がある。八代を自分のデスクに座らせ、手錠を椅子につないだ。箱崎のそばに行く。

「なにかありましたか」

丁寧に言った。ほかの島には同僚らがいる。

「通報があった。暴力団らしい連中が喧嘩をしていると」

「場所は」

「俳優座の近くだ」六本木交差点から溜池方面へむかった左側にある。「おまえ、真っ昼間から女の部屋にしけこんでいたのか」

西村は携帯電話を見た。着信表示がある。『楽雀』のトイレにいた時刻だ。

箱崎が言葉をたした。

「だが、もういい。さっき連絡があった。大原組の下っ端ひとりがフクロにされ、相手は逃げたあとだった」箱崎が視線をずらした。「あいつ、何者だ」

「身元はこれからです。職務質問《シヨクシツ》をかけたら抵抗したので引っ張りました」

箱崎が眉をひそめた。よけいな荷物は運んでくるな。そんな顔だ。

「急ぎの用があるので、帰ってくるまで留置場《ブタバコ》に放り込んでおいてください」

「そこまでする必要があるのか」

西村はデスクに両手をついた。

「あいつは郡司組の事務所に出入りしている」声をひそめた。「で、職務質問をかけた。きのうときょうのトラブルについてなにか知ってるかも」

「いいだろう。書類をつくってからでかけろ」

箱崎が固定電話にふれた。担当部署に連絡するのだ。

青木が近づいてきた。

「ずいぶんひどい顔になってるな」

八代のほうを見ながら言った。

「俺も痛めつけられました」

さらりと返した。

「身元はわかっているのか」

「八代と名乗りましたが、確認は取れていません。身分を示すものは持ってなかった」

うそだ。運転免許証と国民健康保険証、カード類は自分のバッグに移した。

「医務室に運べ。あとで面倒になるのはまずい」

「戻ってからにします」

「でかけるのか」

「ええ」

答えるのもわずらわしい。背をむけ、デスクにむかった。

麻布署の裏道を芋洗坂方面へ歩いた。

この数年でずいぶん風景が変わった。昔からの飲食店が減り、全国チェーンの居酒屋や若者向けの店が増えた。芋洗坂もおしゃれな店がめだつようになり、夜の繁華街特有の雑多な雰囲気は消えつつある。この街の昼間の光景を見るたび歳月が流れていることに気づかされる。が、麻布署に着任した当時や、なにかの事件が発生したときの街の風景はきれいさっぱり記憶からぬけおちている。

坂をくだって、のぼり、路地角にあるマンションに着いた。

エントランスに足を踏み入れたところで携帯電話がふるえた。ディスプレイの電話番号を見て路上に戻った。

《俺だ》

箱崎の声はくぐもっていた。他人の耳を気にしているのだ。

「どうした」いつもの口調になった。「やつのことで問題がおきたのか」

《手続きは済んだ。が、課長の様子がおかしい》

「どういうことだ」

《おまえが出たあと、八代とかいうやつのことを根掘り葉掘り訊かれた。あんまりしつこ

いんで様子を見ていたのだが……課長はデスクに戻り、ケータイをさわっていた》
まわりくどい。いらいらする。左右を見た。近くに人はいなかった。
《課長がトイレに立った隙に、ケータイを見た》
「どうして」
《俺は勘が鋭い》
疑《うたぐ》り深いの間違いだろう。声になりかけた。
《ショートメールのやりとりだった。西村が八代という男を連行してきた。男を知っているかと。その返答はなく、相手は罪状を訊き、課長は不明と答えていた。往復五回のやりとりだったが、読んだのはそこまでだ。課長に見つかると面倒になる》
「相手の電話番号は」
《○×○－九二△四－八○△八……心あたりはあるか》
「ある」西村は頭上を見あげた。「あとで連絡する」
《ああ。けど、どういうことなんだ。おまえと課長はうまく行ってると……》
「気のせいだ」声を強めた。「俺は誰ともつるまん」
西村は通話を切った。
チャイムを鳴らした。

返事もなくドアが開いた。防犯カメラで確認したのだ。

西村は靴を脱いだ。が、前に進めない。坊主頭の若衆が立ちふさがっている。

「失礼します」

言って、西村の身体をさわりだした。

うしろにいる深谷と目が合った。

「面倒がおきたばかりなので、勘弁してください」

申し訳なさそうな顔で言った。

西村は若衆に声をかけた。

「裸になってやろうか」

「けっこうです」姿勢を戻し、若衆が体《たい》を開いた。「どうぞ」

応接室に案内された。そうされるのもひさしぶりだった。

大原はソファの上で胡坐をかいていた。薄黄色のパンツに紺色のシャツ。両の袖をまくっている。機嫌が悪そうだ。

「犯人を見つけたのか」

大原が言った。

どっちの犯人だ。思わず訊きかけた。

西村は上着のボタンをはずしてから大原の正面に座した。ネクタイは弛めてある。

「犯人に心あたりは」

「ばかなことを訊くな」声にいら立ちがまじった。

「きのうのきょうだ。郡司の野郎……

勘違いだったと詫《わ》びを入れてきてもただでは済まさん」

「勘違いなのか」

きのうの麻布十番での傷害事件は未解決だ。麻布署は現場周辺の防犯カメラの映像を回収して解析作業を行なっているが、犯人は特定できていない。傷を負った郡司組の組員が黙りこくっているせいもある。

「雑魚は相手にせん」

面倒そうに言い、大原が煙草をくわえる。乾分を制し、自分で火をつけた。

若者がお茶を運んできた。

西村はそれを飲んだ。考える時間がほしかった。

大原は意図して郡司組とのトラブルに話題をむけた。そんな気がする。

──○×○－九二△四－八○△八……心あたりはあるか──

箱崎に訊かれたときはめまいがした。大原が私用で使う携帯電話の番号だった。

青木課長と大原が親しい仲だとは夢にも思わなかった。疑うどころか、そんな気配を感じたことすらなかった。

しかし、思いあたることはある。

青木が麻布署に着任して間もないころだった。食事に誘われたあと、西村はクラブ『DaDa』に連れて行った。そこで大原と鉢合わせた。あのとき、青木が興味を示し、大原を紹介した。が、二人は短い挨拶を交わしただけで、同席はしなかった。

西村は臍《へそ》の下に力をこめた。大原がとぼけるつもりなら、自分のほうから仕掛けるしかない。あとは成り行きまかせだ。

「八代健二の身柄を取った」

「……」

大原の目が据わった。

「どうして俺を襲わせた」

「わからんのか」

声が低くなった。身構えたときの声音だ。

「ああ。教えてくれ」

「城之内に目をむけさせたかった。襲わせるには絶好のタイミングだった」

西村はかっと目を見開いた。ぱっと視界がひらけた。

「うちの青木か」声がとがった。「あの日、青木から連絡が入った。そうなのか」

「どうして青木なんだ」

「ほかは考えられん」

青木と六本木の喫茶店にいるとき、回収業者の佐藤から連絡があった。西村はその場で手帳を開き、城之内の車が入ったというビル名を書いた。

青木は手帳を見ていたのだ。が、疑念がある。城之内の名前は口にしなかった。

「断言できんのか」

大原が言った。

「はあ」

「脇があまいわ」大原がニッと笑った。「城之内がむかった先は、赤坂にある上杉設計事務所……そうだろう」

はっとした。気づいても手遅れだ。

大原が続ける。

「赤坂の刑事が青木に電話をよこした。西村がかかえている事案はなにかと。おまえは城之内の情報もほしがったそうだな」

西村はくちびるを嚙んだ。赤坂署に転任する前、同期の倉重は新宿署にいた。青木が新宿署にいた時期とかさなる。

「専従班の話も青木に聞いたんだな」

「そうよ。やつはおまえを警戒しはじめた。それも、おまえの口が本だ」

くそったれ。西村は胸で毒づいた。

青木とのやりとりがよみがえった。

──スパイになれと言われた……それでも命令に従えと──

──ほんとうなのか。とても信じられん──

──参事官に確かめたらどうです──

──できるわけがない──

青木はひどく狼狽《ろうばい》していた。あれはわが身に火の粉がふりかかるのをおそれたのだ。

「吉野とかいう野郎を殴っていれば、青木は安心したかもしれんが」大原が言う。「おまえを襲わせたのは警告の意味もあった。おまえが八代にたどりついたとしても、どういうことはなかった。おまえは俺を裏切れん」

大原の頬が弛んだ。勝ち誇ったような顔になった。

西村は息をついた。

「どうやって青木をかかえ込んだ」

「ばかを言うな。やつのほうからすり寄ってきたんだ。手土産を提げてな。おかげで散財したが、麻布署と同業のつながりはわかった。おまえが仲間に遠慮して喋らなかったことまで……夢の中でも人脈図を描けるぜ」

「それも離脱を決意した理由か」

「ほう。まだ頭を使う余裕はありそうだな」大原が煙草をふかした。「俺のしのぎの面でも役に立った。おまえと違って、青木には筋目も仁義もねえからな」

西村は視線をずらした。

大原を嚙み殺してやりたい。が、それはできない。恩義がある。

視線の先で、深谷がいまにも泣きそうな顔をしていた。

「どうする」大原が顔を寄せた。「俺と青木を売るか」

「……」

口元がゆがんだ。ものを言いかけたが、言葉がついてこない。

「できるわけがない。俺は恩人だ。心臓外科の名医を紹介してやった」

「だから、いまだに完治しない」

精一杯の抵抗だった。

「ふん」大原が顎をしゃくる。「この恩知らずが」

「親分」深谷が声を発した。「それは言いすぎです」

「なんだと」

大原が目の玉をひん剝《む》いた。

「てめえも、誰のおかげでおおきな面ができると思ってやがる」

「わかっています」深谷が動き、大原のそばに立った。「しかし……」

「うるせえ」

大原が一喝した。たちまち顔が赤くなる。

西村は腰をあげた。深谷にまでつらい思いはさせられない。

「おい、西村。おまえとの縁は切る。二度と面を見せるな」

西村は無言で背をむけた。胸がひりひりする。

「深谷。やくざになり切れんのなら、てめえも出て行け」

大原の破声《われごえ》が部屋に響いた。

西村は玄関へ急いだ。

あとを追う足音は聞こえなかった。

★

★

九月三十日、金曜――

午後十時五十三分、白いミニバンのウインカーが点滅した。車両ナンバーは読めた。芸能プロダクション『飛翔エンタープライズ』の車だ。

マンションの前に停止し、男が降りた。

顔は認識できない。キャップを被《かぶ》り、背をまるめてエントランスへむかう。

「やつです」

小栗は前方を見つめたまま言った。

近藤が後部座席から身を乗りだした。

「間違いないか」

小栗が返答する前に携帯電話がふるえた。

《福西です。たったいまＲＭＢの吉田が入りました》小声で言う。《吉田が五人目です。踏み込みますか》

「まだ早い」

小栗は即座に返した。

金曜に家宅捜索を行なうと決めたあと管理会社に協力を要請し、マンションのエントランスおよびエレベーターの防犯カメラの映像を解析した。身元を特定していた七人はすべて麻雀部屋への出入りを確認できた。

「吉田さえ……」

「だめです」

小栗は強い口調で近藤をさえぎった。携帯電話は耳にあてたままだ。

「フク。監視を続けろ。あとひとりが入った直後に家宅捜索《ガサ》を入れる」

《常連客はあと二人。そのうちのどちらかということですね》

「そうだ」

小栗は通話を切り、ふりむいた。

「突入する寸前に客と遭遇すれば面倒です」

「職務質問《ショクシツ》をかけて身柄を拘束すればいいじゃないか」

「別の者がそれを目撃すればどうなると思います。徳永に連絡し、賭けの痕跡を消されたら、笑い物になる」

「そこまで読むか。おまえが慎重居士とは知らなかった」

近藤がシートにもたれた。

「でも」運転席の南島が遠慮ぎみに言う。「お開きになれば……」

「ならん。全員が食中毒にあたれば別だが」

小栗は煙草をくわえた。火をつけ、パッケージとライターを近藤に渡した。

皆が功をあせっている。そういうときは悪い展開が頭をよぎるものだ。

煙草をふかし、携帯電話にふれた。ショートメールを送る。

――吉田は卓に入ったか。ほかに来る予定の者はいるか――

煙草を消したところで返信が届いた。山口舞佳からだ。

――吉田さんはソファでアプリゲームを……先ほど松浦《まつうら》さんから、十一時半までに行くと連絡がありました――

松浦はもつ鍋店の経営者だ。毎週のように出入りしている。

――松浦が来て、吉田が麻雀を始めたら合図を送れ。あとは予定どおり――

その返信はなかった。

が、心配はしていない。きのうの夕方、山口と恵比寿ガーデンプレイスに行った。苦手のイタリア料理だったが、山口はよろこび、すぐにうちとけた。小栗が翌日の行動予定を話すと、山口は熱心に聞き入り、あれこれ質問したのだった。

十一時十五分、小栗は無線のマイクを手にした。

「小栗だ。全車、出動態勢に入れ」

《了解です》

地域課の岡田の声だった。

生活安全課の近藤係長と小栗、福西の三人に加えて、地域課の三人が参加している。パトカーは三両。現場周辺の路上で待機中だ。制服警察官をふくめ、総勢十人で家宅捜索を行なう。通常なみの陣容である。

小栗は、バックミラーに映る近藤を見た。うつむいている。首をうしろにまわした。近藤が携帯電話に指を這《は》わせている。メールだ。

「邪魔はさせないように」

「わかってる」近藤が顔をあげた。「おまえもカメラに映るか」

「けっこうです」

そっけなく言った。

近藤は、エントランスから出てきたところをテレビカメラに撮られたいのだ。

ロック歌手の吉田の腕をかかえる近藤の姿が目にうかんだ。

携帯電話がふるえた。福西だ。

《松浦を確認しました》

「よし。キンタマをつかんで引っ張れ。緊張が解ける」

《前にも教わりました》

通話を切った。十分と経たないうちにショートメールが届いた。

――松浦さんが来て、吉田さんらと麻雀を始めました。四人と三人の二卓です――

部屋の主の徳永康太も加わったのだ。

無線マイクのスイッチを入れる。

「十分後、マンション前に集結」

全車から《了解》の声がした。

突入するさいの配置はマンション内の図面を見ながら指示した。部屋に踏み込むのは生活安全課と地域課の六人で、制服警察官らはエントランスと玄関前の路上を警戒する。家宅捜索に参加する者には常連客の顔写真を渡してある。

エントランスのインターホンの前に立った。

「笹川《ささがわ》です」

小栗は短く言った。まだあらわれていない常連客の名前だ。

《開けます》

山口の声は緊張しているように聞こえた。

自動ドアが開く。八人が通る。六人でエレベーターに乗った。

小栗は七〇八号室のチャイムを鳴らした。

ドアが開き、山口が顔を覗かせる。

頷き、小栗は靴を脱いだ。

通路を歩き、リビングへむかう。部屋の見取り図は管理会社に見せてもらった。2LDK。山口によれば、リビングと五畳の洋間に雀卓があるという。

「警察だ」小栗は声を張った。「そのまま。両手は頭の上にのせろ」

近藤が吉田に近づき、手錠を打った。ほかは見えていないのだ。

福西と地域課の二人は別室に入った。小栗とおなじことを言っている。

小栗は徳永のそばに立った。右手の中指と親指で牌をつまんでいる。

「いったい、なんですか」徳永が言う。「ぼくらは遊んでいるだけです」

小栗は二枚の用紙をかざした。

「徳永康太。賭博開帳図利の容疑で逮捕する。ほかの者は賭博の現行犯逮捕だ」

「お願いです。見のがしてください」

吉田が声をふるわせた。哀願するようなまなざしだった。

福西と南島は、客をひとりずつ立たせてポケットをさぐり、中身を雀卓に置いた。むきだしの札と小銭、財布、携帯電話、セカンドバッグ。地域課の二人がそれらをビニール袋に収める。

「俺のカネだ」松浦が声を荒らげた。「始めたばかりなんだぞ」

「それがどうした」小栗は目と声で凄んだ。「おまえのカネだと証明できるのか。ここにあるカネはすべて賭博の証拠品として押収する」

おなじ台詞《せりふ》を口にするたび、胸が空虚になる。賭場で押収したカネは証拠品として保管され、起訴から一定期間が過ぎると消える。麻布署の裏ガネになるのだ。

「ふざけるな」

松浦が眦をつりあげた。むりもない。松浦は六十万円を所持していた。

小栗は椅子を引いた。松浦がころげおちる。鳩尾に拳を叩き込んだ。

「公務執行妨害だ」

南島が言い、片膝をついて松浦に手錠をかけた。

小栗は、リビングのソファに腰をおろした。

長方形の用紙がある。麻雀の集計表だ。手提げ金庫もある。蓋は開いていた。中蓋の下に名刺サイズの紙を見つけた。日付と金額、署名が手書きされている。貸付金の証文か。九枚あった。そのうちの四枚は吉田のものだ。三か月前の証文もある。返済しないまま麻雀をしているということか。

それが事実なら幸運だった。胴元が未返済の客を遊ばせるのは客の絶対数がたりないことを意味し、むりをして賭場を立てている証左でもある。客への貸付が増えれば、いずれ賭場は立ち行かなくなる。

近藤が寄ってきた。

「なにを見つけた」

小栗は吉田の証文を手渡した。

「いいね」

近藤が声をはずませ、相好を崩した。

――RMBの吉田　麻雀賭博で借金漬け――

新聞や週刊誌の見出しが目にうかんだか。

家宅捜索は小一時間で終了した。

山口はキッチンの片隅で様子を見ていた。不安そうな、ばつが悪そうな顔だった。腰をぬかしそうにも見えた。

捜査員が容疑者を連行する。

小栗は最後に山口を連れて出た。手錠は打たなかった。麻布署には連行するけれど、供述を取れば解放する。近藤の承諾は得てある。

エレベーターで一階エントランスに降りた。

自動ドアのむこうにパトカーの赤色灯が見える。野次馬たちもいる。

近藤が先頭に立った。左手で吉田の腕をつかんでいる。

玄関を出ると、ライトがむけられた。

カメラのフラッシュを浴び、小栗はまばたきをした。

前を歩く近藤の顔はもっと輝いているだろう。


翌土曜の夜、小栗はバー『山路』の扉を開けた。

客はいなかった。午後七時半を過ぎている。山路はカウンターに座り、スマートホンを見ていた。手元にグラスと灰皿がある。

「勝ってますか」

声をかけ、小栗はとなりに座った。

「シーズンはおわりだ」面倒そうに言い、腰をあげる。「ビールか、水割りか」

小栗はプロ野球に興味がない。が、野球賭博の知識はある。このあとクライマックスシリーズと日本シリーズが終了すれば、野球賭博常習者は春の選抜高校野球が始まるまで退屈な日々を送ることになる。

「水割りを」

言って、小栗は煙草をくわえた。

「はでにやったもんだな」

山路がスマートホンを指さした。

——ＲＭＢの吉田　麻雀賭博で現行犯逮捕　常習者か——

ネットニュースの見出しだ。吉田の写真もある。となりに近藤が写っている。顔がひきつって見える。こみあがる笑いを堪えていたのだ。

「マスコミにかぎつけられました」

「あざといわ。近藤が仕掛けたんだろう」

かつて山路は近藤ともつき合いがあった。気質もわかっている。

キープしたバーボンで水割りをつくり、山路が席に戻ってきた。

小栗は、ひと口飲んでから話しかけた。

「どうなりました」

「ん」山路が眉間を寄せた。「西村が気になるのか」

小栗は肩をすぼめ、頬杖をついた。

西村が気になるわけではない。西村の面倒事にかかわるつもりはない。しかし、山路に頼まれた。その結末は気になる。美味い酒を馳走になった。

「西村から連絡があった。きのう半グレの八代を痛めつけたそうだ」

山路が言い、グラスを持った。

それだけですか。訊きたくもない。が、なにかの棘《とげ》のように、胸にひっかかっていることがある。郡司とのやりとりだ。

――……大原が八代の面倒を見てるのか――

――うわさだ。おまえがくるまで野郎のことは忘れてた――

その話は電話で山路に教えた。

「八代と大原組長の仲を西村に話しましたか」

「するもんか」山路が声を強めた。「けど、あいつは知った。大原の名前は口にしなかったが、半グレを雇ったやつはわかったと」

山路がグラスをあおった。

小栗は口をつぐんだ。かける言葉が思いつかなかった。

先の展開がどうなるか。西村は大原に牙をむくのか。そんなことよりも、山路の胸中が気になる。山路は西村の気質を知っている。そのうえで八代の居場所を教えた。八代を見つければ、大原にたどり着くことも想定内だったに違いない。それでも山路は西村を襲った連中の素性を教えた。

どういう心境なのか。いま確かなのは山路が西村の身を案じていることだ。

「西村は」山路がぼそっと言う。「大原には咬《か》みつかん」

「それほどべったりなのですか」

山路が首をふった。

「これを潮時に縁を切ればいいのだが」

重い口調だった。歯切れの悪いもの言いはめずらしい。

小栗は遠慮を捨てた。

「それを願って、西村に教えた」

「どうかな。おまえの話を聞いたあと、俺は正直まよった。おまえにむりを頼まなければよかったと、後悔もした。まさか、大原の名前がでるとは思ってなかったからな。けど、おまえの好意を無にするわけにはいかん。たとえ無にして西村に教えなくても、西村はいずれ知ることになるとの予感もあった」

己に言い聞かせているふうにも感じる声音だった。

小栗はボトル棚に目をむけた。

西村と大原はどういう仲なのか。が、知ったところでどうなるものでもない。山路は、西村の件で二度と自分を頼らない。それは確信としてある。

「世話になった」

声がして、小栗は視線を戻した。

山路が言葉をたした。

「ものぐさが売りのおまえが動いてくれた。感謝してる」

小栗はぎこちなく笑った。感謝されるのも褒められるのも苦手だ。

思いついたことを口にした。

「西村は知っているのですか」

「おまえからの情報だということか」

「ええ」

「おまえは望まんだろう」山路が目で笑う。「西村に負荷はかけたくなかった。が、あいつはばかじゃない。それまでの経緯から、おまえがうかんだと思う」

「そうですよね」

あっさり返した。

「言うまでもないだろうが、この件は忘れてくれ」

「美味い酒で酔っ払えば……イチコロです」

小栗はボトル棚を指さした。手前にザ・マッカラン18年のボトルがある。

山路が頬を弛め、腰をあげた。

ポケットの携帯電話がふるえた。手に取る。近藤からだ。

《長い晩飯だな》

「ついでに、一杯……」

《ばかもん》

小栗は携帯電話を耳から離した。鼓膜が破れそうだ。

《皆が汗をかいているのだ。早く戻ってこい》

「足腰が立ちません」

《一一〇番でパトカーを呼べ》

乱暴なもの言いだが、怒っているようには感じない。

「ネットの動画を見ましたよ。恰好《かっこう》よかった」

《そうか》声が一変した。《素がいいからな》

おだてにはすぐ乗る。

「酔いが冷めたら戻ります」

小栗は通話を切った。

「いつ冷めるんだ」

山路が訊いた。

「目が覚めたら」

言って、小栗は煙草をふかした。

山路がボトルを傾ける。

琥珀《こはく》色の液体を浴びて、タンブラーの氷がうれしそうにきらめいた。

★　★

週明けの月曜、六本木けやき坂の『Ｂ　ｂａｒ』に入った。

上司の箱崎は奥のテーブル席にいた。間近にバカラのシャンデリアがある。開店直後の店内にほかの客はいなかった。

西村は箱崎の正面に腰をおろした。バーテンダーにウイスキーの水割りを頼む。

箱崎が口をひらいた。

「さっき、青木と話した」

「なんで」声がとがった。「まさか、よけいなことを……」

箱崎が手のひらで制した。

「声をかけられたんだ。で、おまえに関する報告書を書けと言われた」

意味は悟った。歯軋りしそうになる。

箱崎が話を続けた。

「警視庁の吉野参事官は、専従班を立ちあげるにあたって、麻布署の腐敗分子を一掃すると宣言した。もちろん、マスコミぬきの内部通達だ」

きょうの午前、警視庁は覚醒剤撲滅の専従班を設置すると発表した。

「青木は俺をスケープゴートにするつもりか」

「そのようだ」

言って、箱崎がソファにもたれる。バーテンダーが来たのだ。

西村は水割りを飲んでから箱崎を見据えた。

「どうする」

さぐるように訊いた。箱崎が敵にまわることはなさそうだ。青木の指示に従うつもりなら黙ってやる。が、箱崎の魂胆は読めない。なんでもありの策士なのだ。

「その前に聞きたい。先日の、青木のメールの相手は誰だ」

「通話記録を調べたんじゃないのか」

「調べたさ。が、相手のケータイの所有者は渋谷の公園にいるホームレスだった。本人に確認した。見知らぬ男にケータイを売ったそうだ。心あたりがあるんだろう」箱崎が前かがみになる。「教えろ。誰だ」

「大原よ」

つっけんどんに返した。

「なるほどな」

あっさり言い、箱崎が姿勢を戻した。

「青木と大原の仲を知っていたのか」

「うわさには聞いていた。が、事実なら疑問が生じる。おまえをスケープゴートにすれば大原もあやうくなる。青木も火の粉を被るだろう」

「俺には大原と青木を売れんそうだ。大原がそうほざいた」

「大原に会ったのか。俺の電話で」

「違う。別件だ」声を強めた。「あの日に連行した野郎は渋谷の半グレだ」

箱崎が目をぱちくりさせた。

「おまえを襲ったやつか」

「ああ。襲わせたのが大原。本人から理由を聞いたが、喋りたくない」

「青木も承知か」

「だと思うが、実行犯の素性は知らなかった。で、あのメールなんだろう」

箱崎がこくりと頷いた。

西村はナッツを噛んだ。脇腹に痛みが走った。噛むのをやめて水割りで流し込む。

箱崎が煙草をくわえ、火をつけた。思案の顔になる。

西村は無言で待った。

「手のひらを反《かえ》す気だな」

箱崎が独り言のように言った。

「青木が大原を売ると……そんなまねをすれば血を見るぞ」

「大原の身柄を取れば、組は持たん。あの組に頭を張れるやつはいない」

言われてみれば確かにそうだ。大原組は大原の一人看板である。

箱崎が言葉をたした。

「青木は、収賄罪と地方公務員法違反を視野に入れている。それでおまえを逮捕し、贈賄罪で大原の身柄を取る腹だ」

「俺は喋らん」

西村はきっぱりと言った。大原への恩義ではない。わが身を護るためだ。

「裁判で争えるだけの物証を集めろと言われた。それで、俺のほうは目をつむると。青木の野郎、とぼけた面をしてやがる割に悪知恵が働く」

「あんたに言われりゃ世話がない」

西村は目で笑い、水割りを飲んだ。

「ふん。あんな野郎の絵図どおりにさせるもんか」

言って、箱崎が煙草をふかした。鼻の穴から紫煙がでた。

「なにを企《たくら》んでる」

「おまえも俺も無傷で済む方法がある」箱崎が背をまるめた。「乗るか」

「言ってみろ」

「先手を打つのさ」

「青木を参事官に売るのか」

「そうだ」

「言ったはずだ。俺にはできん」

「表に立たなくていい」箱崎の目が鈍く光った。ねばりつくようなまなざしだ。「じつはな、部下を動かしている。青木の疵を徹底的に暴いてやる」

「あるのか」

「俺を誰だと思ってやがる。かつては麻布署の帝王と言われた男だぜ」箱崎がニッと笑った。「青木と親族の銀行口座の入出金明細書を手に入れた。現在、精査中だ」

西村は肩をすぼめた。そこまでやるか。声にはならない。

「あやしげな振込がある。おまえ、大原とつながっている企業や団体を知ってるな」

「ああ」

「それを教えろ。振込人は個人名だ。おそらく大原と縁のある者だな。おまえが協力すれば、その先は部下にやらせる。報告書におまえの名前は載せない」

「いいだろう。が、青木ひとりで参事官が満足すると思うか」

「まかせろ。満足しなくても、妥協させる」

箱崎の太い眉が上下に動いた。

感情が昂じているのか。己の策略に酔っているのか。

西村は無言で箱崎を見つめた。

「わからんのか。むかし、おまえが使った手だ。もっとも、マスコミには売らん。リークをすると威してやる」

西村は頷いた。

警察は内部不祥事が暴かれるのを極端におそれる。ましてや現役警視の不正なのだ。麻布署の腐敗分子を一掃すると声高に叫ぼうとも、警察官僚の吉野にそれをマスコミに公表する覚悟はない。あったとしても、警視庁上層部が許さない。

箱崎が話を続ける。

「よし。善は急げだ。これから部下に会ってくれ。三日間でウラを取らせる」

「そのあとは」

「金曜に参事官と会い、報告書を手渡す」

「いきなりか」

「電話で道筋はつけておくさ。金曜は青木も同席させる」

「そんなことができるもんか」

「できる。忘れたのか。俺は青木に指示されたんだ。その報告ということで、青木をここに呼びだす。参事官と約束した時刻から三十分ほど遅らせてな」

西村はあんぐりとした。

箱崎はそこまで策略をめぐらせた上で自分に話を持ちかけた。

そんなふうに感じたが、反対する理由はなかった。


テレ朝通を左折し、坂の途中で車を停めた。麻布署の車だ。

ライトを消し、エアコンを止める。

前方があかるくなった。ゆるやかな弧を描く路面が闇からうかびあがる。二つの光の輪がかたわらを駆けぬけた。

西村は息をついた。肩を上下させ、左右のウィンドーを降ろした。

助手席のむこうに人がいる。どこよ。あっちのビルじゃないの。三人の女が左右のビルを見あげながら喋っている。ひとりがこちらを指さした。

西村は顔をそむけた。

道路の向かい側に『ティファニー六本木ヒルズ店』が見える。その脇道を入った突きあたりに『Ｂ ｂａｒ』がある。

上司の箱崎との密談がきのうのことのように感じる。身体はひまを持て余しても、頭を使わなくても、神経が疲弊する四日間だった。

――準備万端だ。吉野は十時、青木は十時半。きょうで片をつける――

昼過ぎに箱崎からメールが届いた。自宅にいた。午後から妻の美鈴は定期検診を受ける予定だった。付き添いはしたことがなかったけれど、箱崎のメールを見て同行したくなった。麻布署に顔をだしたくなかったせいもある。

メールの文言には強固な意志を感じた。

思惑どおりにならなかったら、箱崎はどうするのか。二の矢の用意はあるのか。

ふと思い、頭をふった。どうでもいいことだ。幾つかの情報を箱崎の部下に流した。捜査事案になるものばかりだ。その時点で頭の整理はついた。が、感情はゆれた。

――あんたなら上手くやれる――

短い返信を送った。病院のあと美鈴と映画を観た。早めの夕食を済ませて帰宅した。たのしそうだった美鈴だが、長時間の外出に疲れたのか、着替えて横になった。軽い寝息を聞いてからそばを離れ、自宅を出たのだった。

時刻を確認した。午後九時半になる。

そとにむかって息をつき、携帯電話を手にした。大原の携帯電話を鳴らす。

《詫びの電話か》

横柄なもの言いだ。

「青木が謳《うた》う」

《なんだと》語尾がはねた。《どういうことだ》

「あんたとの関係をすべて……桜田門の警務はウラも取ったようだ」

警部以上の者への調査は警視庁の警務部が担当する。

うめき声が聞こえた。

「さっきまで青木は桜田門で事情を聞かれていた。こんや十時半に六本木けやき坂のBbarで警視庁の参事官と面談する。例の専従班の責任者だ。どんな話になるか。ついでに教えてやるが、青木のケータイは盗聴されている」

《てめえ》大原がどすを利かせた。《でたらめだったら、命はねえぜ》

「これで、あんたへの恩義、チャラにしろ」

返事を聞かずに通話を切り、携帯電話の電源も切った。

西村はシートにもたれ、ネクタイを弛めた。女たちはもういない。

右側の歩道を人があがってくる。

目を凝らした。箱崎だ。鞄を提げている。近くまで来て、路地に消えた。

五分ほど経って、『ティファニー六本木ヒルズ店』の前に黒っぽいセダンが停まった。

運転手が後部座席のドアを開ける。ひとりの男が降り、箱崎が消えた路地へむかう。吉野か。うしろ姿では識別ができなかった。

十時になるところだ。

ミニバンが坂を駆けあがってきて、路地をふさぐようにして停った。五秒か、十秒は経ったか。ミニバンが発進した。去ったあと、おなじ風景がひろがった。

西村はじっとしていた。なにがあろうと動かない。見届けるだけだ。

十時二十分になった。こんどはタクシーが停まった。

路上に立った男が周囲を見渡した。青木だ。遠目にもおちつかない様子がわかる。

青木が歩きだした。

路地から人が飛びだした。ひとりだ。

「あっ」

声が洩れた。深谷だ。風体でわかる。

深谷が足を止め、腰をおとした。両腕を前に伸ばす。

「やめろ」

西村は叫んだ。ドアの取っ手を引く。

同時に、銃声が轟《とどろ》いた。続けざまに二発。乾いた音が闇に消える。

西村は車道に飛びだした。クラクションが鳴る。ライトを浴びた。かまわず走る。

青木は路上に倒れていた。

西村は青木の肩をつかんだ。ぐったりしている。首筋にふれた。かすかに脈がある。だが、助からないだろう。左右の胸を撃たれていた。

深谷が棒杭のように立っている。

西村は深谷に近づいた。

「どうして……おまえなんだ」

「すみません」

深谷が小声で言った。顔がゆがんだ。笑ったようにも見える。

「大原の命令か」

深谷が首をふる。ゆっくりと何度もおなじ仕種をした。

「あのあと、絶縁されました」

「ばかな」

そんなわけがない。処分されたのなら自分に報告するはずだ。西村が最後に大原組の事務所を訪ねてから八日が経っている。

足音がした。

西村は視線をずらした。路地の奥から人が駆けてくる。箱崎だ。後方に吉野の姿も見える。ほかにも数人が近づいてきた。

西村はハンカチで銃身をつかんだ。

深谷はあらがわなかった。

「西村」箱崎が声を発した。「どうしてここに……なにがあった」

「課長が撃たれました」

言って、吉野を見た。能面のようだ。目は合わなかった。

「先輩」

声がして、西村は視線を戻した。

「お願いします」

深谷が歩み寄り、両手を合わせた。

頷き、西村は手錠を打った。

★

★

街は霧雨に濡れている。秋を運ぶやさしい雨だ。ひと月前は夏の残滓《ざんし》を洗い流すような雨だった。あのときが遠い昔に感じる。

あわただしい一週間だった。

小栗は動かぬ空を見あげてから歩きだした。六本木交差点から飯倉方面へむかう。

歩道に人はまばらだ。週明けの夜の見慣れた風景である。

「へイ、だんな」

声をかけられた。巨漢の黒人だ。ショーパブの客引き兼用心棒。いつも路上でステップを踏んでいる。ビニール傘を差しだした。

「持って行きな」

「ありがとうよ」

言って、ことわった。

左折して路地をくだった。目をつむっても雑居ビルのエレベーターにたどり着ける。五階のバー『花摘』の扉を開けた。

女の歌声がした。ポップスだが、うるさくはない。曲名は、もちろん知らない。

「遅いね」

詩織が言った。

カウンター席に石井がいる。オフホワイトの立て襟シャツにイエローのセーター。平日に軽装はめずらしい。詩織が声を発しても、石井は顔をむけなかった。

小栗はいつもの席に腰をおろし、腕の時計を見た。

約束の時刻に三分遅れた。石井はかなり早く来たということだろう。

詩織がおしぼりを差しだした。

「傘がなかったの」

「手が疲れる。ロックを」

左腕で頬杖をつき、煙草をくわえた。

「すこしはおちついたか」

石井が訊いた。

小栗は右の手のひらをふった。

マンション麻雀を摘発したのは先々週の金曜だった。その日の未明にはネット動画に近藤係長とロック歌手の吉田がならんで映った。

近藤の愉悦は一週間しか続かなかった。

――元警察官　現役警視を射殺――

――六本木で発砲　犯人はヤメ刑事の暴力団幹部――

先週土曜の朝刊各紙には、煽情的《せんじょうてき》な記事が躍った。今週発売予定の週刊誌もトップ記事を警察官射殺事件に差し替えるという。

近藤は部署にひきこもっている。きょうも憂鬱そうな顔をしていた。吉田逮捕の手柄が霞《かす》んでしまったからではない。

六本木けやき坂でおきた射殺事件の翌日、麻布署に捜査本部が設置された。本部長に就いたのは組織犯罪対策部の吉野参事官だった。異例中の異例だ。客観的な見地から麻布署署長の就任は不適切だとしても、殺人事案であれば警視庁捜査一課の課長もしくは理事官が指揮を執るのが慣例である。

うわさによれば、吉野がみずから警視庁上層部に懇願したという。意地か、面子《メンツ》か。覚醒剤撲滅の専従班を設置して四日後の凶行だった。

――……麻布署の悪評は聞くに堪えない。わたしが専従班の指揮を引き受けた理由はそこにある。腐敗の一掃と組織改革……麻布署をモデルケースにする――

永田町にあるホテルのバーで、吉野は語気鋭く言い放った。

初回捜査会議の冒頭でも、吉野はおなじ台詞を口にしたという。

近藤の胸中は察するまでもない。身の処し方を熟考しているのだ。裏ガネづくりは組織ぐるみの不正工作である。麻布署では近藤がその中核にいた。

しかし、小栗は心配していない。

石井が言葉をたした。

「麻布署は蜂の巣を突いたような騒ぎだろう」

「そのうち静かになる」オンザロックを飲む。「そんなもんだ」

石井が肩をすぼめた。

小栗はぼんやりとボトル棚を見た。

気になっていたことがある。『六三企画』のオフィスで城之内の刺青を見て以来、石井に会うのはきょうが初めてだ。あのあと話をする目的でメールを送ったけれど、石井は時間をつくれなかった。時間が経つに連れて雑念がまじり、気分が重くなった。城之内に関してはは気のまわしすぎではないか。そう思うこともあった。

「夜桜に天女……見事な彫り物だった」

ぼそっと言った。

「城之内か。やつに会ったのか」

「オフィスに行った。やつに痛めつけられた男がいて……その件で事情を聞いたのだが、頼みもしないのにマンガを見せられた」

小栗は苦笑し、『六三企画』のオフィスでの一部始終を話した。

石井はグラスを傾けながら聞いていた。

「神戸の五島組長に頼まれ、郡司が面倒を見ている。郡司本人から聞いた」

最後につけたし、煙草をふかした。

石井が口をひらく。

「迷惑な客人か」

「そのようだ。手を焼いているのかと茶化したら、本気で怒った。パクってやろうかと誘ったら、笑った。さすがの郡司も扱いかねているようだ」

「大事な時期だからな」

「ん」

「跡目よ」石井がさらりと言う。

「会長は年内に引退する」

「……」

返す言葉が見つからない。とまどいがめばえた。金竜会の金子会長のうわさは耳にしている。が、これまでその話は避けてきた。石井も言わなかった。

「あとすこし……何事もなくその日がくるのを願うだけだ」

言って、石井がグラスをあおる。

小栗は口を結んだ。

半グレの時代に世話になった。

石井から聞いたのはそのひと言だけである。世話の中身を知りたいとは思わなかった。石井のもの言いと表情から、自分なりに理解はしている。それが的はずれであったとしても自分と石井の距離は変わらない。

「あら」

詩織が声をあげた。

小栗は視線をふった。

扉の把手《とって》をつかみ、福西がぽかんと立っている。

約束はしていない。小栗は『花摘』に行くとも言わなかった。福西は明日香の顔を見に来たのだろう。ばつが悪くて足がすくんだか。

石井が顔を近づけた。

「やつが福西か」

「ああ。あいつは明日香に気がある。威してやれ」

石井がにんまりし、視線を移した。

「フクちゃん、待ってたぜ」

「えっ。あ……どうも……初めまして……」

福西がしどろもどろになる。

詩織がからからと笑った。

空気がゆれ、胸が軽くなった。

住宅街の路地を曲がったところで、小栗は足を止めた。
前方に二両のトラックが停まっている。銀色のコンテナがまぶしい。週が替わってから
連日、夏が戻ってきたような陽気である。それでも、風は快い。
コンテナから男が降りた。手の甲を額にあてる。
「よう」
声をかけ、小栗は近づいた。
西村が頬を弛めた。照れ笑いに見えた。髪が短くなった。首筋に汗が光っている。ジー

ンズにTシャツ。ネクタイを締めていない西村を初めて見た。

小栗はセカンドバッグを開き、ハンカチに包んだサングラスを手にした。

「そこに」かたわらの空き地を指さした。「おちてた」

「いらん」

西村が言った。表情はやわらかいままだ。

「ひとりで被ったのか」

西村が辞職願を提出した。その話は週明けに聞いた。おちついたころに訪ねようと思ったのだが、引っ越しの日だったとはおどろいた。そういう縁もある。

「けじめだ」

なんの。言いかけて、やめた。

青木射殺の背景は知らない。なぜ犯行現場の近くに西村がいたのか。吉野参事官や箱崎が逸早《いちはや》く駆けつけたのか。署内では憶測が乱れ飛んでいる。

が、西村のけじめはそういうことと関係ないような気がする。

深谷か。ふと思ったが、声にはしない。

「忘れてくれ。済んだことだ」

言って、西村がほほえんだ。

「どこへ行く」

「熊本の人吉……俺の生まれ故郷……いずれ戻ってくるが」

己の意思を確かめるようなもの言いだった。

目の端で女を捉えた。

白地に花柄のワンピース。引っ越し作業にはふさわしくない。

目を合わせると、女が頭をさげた。

「じゃあな」

西村が言い、女と肩をならべて歩きだした。

風が舞った。踊っているように感じた。

本書は書き下ろし作品です。
登場人物、団体名等、全て架空のものです。

Haruki Bunko
ハルキ文庫

は 3-25

破壊屋《こわしや》 麻布《あざぶ》署生活安全課《しょせいかつあんぜんか》 小栗烈《おぐりあきら》Ⅱ

著者 浜田文人《はまだふみひと》

2016年9月18日第一刷発行

発行者 角川春樹

発行所 株式会社角川春樹事務所
〒102-0074 東京都千代田区九段南2-1-30 イタリア文化会館

電話 03(3263)5247(編集)
03(3263)5881(営業)

印刷・製本 中央精版印刷株式会社

フォーマット・デザイン 芦澤泰偉
表紙イラストレーション 門坂 流

ISBN978-4-7584-4033-2 C0193 ©2016 Fumihito Hamada Printed in Japan
http://www.kadokawaharuki.co.jp/[営業]
fanmail@kadokawaharuki.co.jp[編集] ご意見・ご感想をお寄せください。